À Hélène et Arys,
d'Orient et d'Occident

Rien n'est plus insondable
que le mobile de nos actions.

Georg Christoph Lichtenberg, *Aphorismes*

1

•

LE LIVRE DE DETTES

Oublions la haine, la vengeance ! Pardonnons à notre ennemi mortel :
Que nulle larme ne pèse sur son cœur ; que nul remords ne le ronge !
Détruisons notre livre de dettes ! Que le monde entier soit quitte envers nous !

Friedrich von Schiller, *Hymne à la joie*

L'OFFICE

•

Il faut imaginer un matin de mars, froid et dégoûtant. L'immense immeuble de l'Office des fraudes de l'Union recouvert de miroirs sales. Vers dix heures, dix heures dix, Sigmund Oropa pénétra dans un dédale de couloirs, légèrement en pente. Il franchit un portillon, traversa un sas, tourna à droite, marcha quelques mètres encore. Il colla son badge contre une paroi, puis il poussa une porte coupe-feu. Sans accélérer, presque en apesanteur, il descendit l'escalier jusqu'au deuxième sous-sol de l'Office.

En bas, il faisait face à la porte à double battant de la salle Altiero-Spinelli. Son costume était bleu, sa serviette noire. Une chaleur à étouffer. Un bruit absorbait jusqu'aux formes et aux couleurs. Des murs uniformément gris. Oropa venait d'atteindre le cœur froid de la machine. Il replia ses lunettes, passa la main dans ses cheveux. Dix ou vingt personnes l'attendaient en rond autour d'une table.

— Mes bien chers collègues...

Sigmund s'assit au plus près, sortit ses papiers en silence. Ses traits étaient encore fins, son visage noble. Mais il était essoufflé par sa marche forcée.

— Les chiffres viennent de tomber.

Au bout de la salle, Domenico Sforza trônait sur son fauteuil de directeur de l'Office des fraudes, une institution chargée de débusquer les entorses au budget communautaire. Il pivotait de droite à gauche, avec son œil inerte. Replié sur lui-même comme un mètre articulé, il paraissait flotter dans ses vêtements tant il était osseux.

— Nos services ont permis le recouvrement de six cents millions l'an dernier. Un succès… un immense succès… Et c'est grâce à vous, mes bien chers amis. Grâce à votre zèle et votre ardeur.

Le juge Oropa sentait monter une forme d'agacement, de rage même. La première fois qu'il avait participé à ce rendez-vous mensuel des cadres de l'Office, Sigmund avait cru assister à une réunion de copropriété. Cette fois-ci, fatigué par une mauvaise nuit, il songeait aux péchés qui lui avaient valu d'être nommé ici. Trente ans de carrière, trente ans d'efforts, de sacrifices, trente ans d'ambitions, de rêves et de luttes pour voir cette mascarade. Mais il changea vite d'idée.

— Monsieur le Directeur, Monsieur le Vice-directeur, mes chers collègues…

À droite du chef, Myrte Kahlsen, la numéro trois du service, venait d'allumer son micro. Oropa se redressa, il releva le menton. Entre les murs infiniment gris des bureaux où s'exposaient les vingt-sept portraits aériens de capitales dorées à la feuille, Myrte apparaissait comme la plus brillante des citadelles. Une sorte de repère étoilé, une douce et tendre balade qui réconfortait.

— Je voulais faire le point avec vous sur l'affaire des fraudes aux caméras.

— Très bien.

En temps normal, l'accent de Myrte était indécelable — un froissement, une caresse, une vague délicate qui roule et qui tape sur le sable rouge de ses lèvres. À travers le micro, il se métamorphosait en quelque chose de solide et de sucré.

— Le mois dernier, nous avons organisé une visite dans une caserne de sapeurs-pompiers. Aux alentours de Marseille. La région avait sollicité des fonds structurels pour lutter contre les départs d'incendies en forêt. Le projet consistait à équiper les arbres sur les collines de caméras, pour réagir en temps et en heure. La région a touché l'argent, le département a touché l'argent, la municipalité a touché l'argent... (Myrte se raclait la gorge.) Les caméras n'ont toujours pas été installées. Les arbres brûlent... la forêt brûle... les maisons brûlent... Tout peut brûler... Nous avons adressé aux autorités une note de recommandation... qui n'a pas trouvé d'écho.

— Pas pour l'heure, madame Kahlsen... Pas pour l'heure... Ne soyez pas impatiente.

La voix du chef, à travers le micro, avait fait le tour de la pièce, avant de revenir s'abattre sur ses subordonnés. Il semblait écartelé entre son timbre et son image. Ses cheveux étaient grisâtres, ils luisaient.

— Je suis sûr que les autorités françaises ne manqueront pas d'apporter une réponse adaptée à ce problème, s'empressa-t-il d'ajouter.

Il n'y eut aucune autre réaction dans l'assistance. Jörg Wallraff, le responsable de la communication, était recroquevillé dans son coin. Il réagissait à peine (on aurait dit un marsupial, ou un lémurien assoupi). Dadelsen, un collègue sans intérêt, ricanait doucement. Les autres semblaient attendre la fin de la réunion pour aller manger. C'était cette mollesse, ce manque d'engagement qui irritait le plus le juge Oropa. L'Union mourait d'être si attentiste. Il hocha la tête avec gravité en direction de Myrte. (Pour qu'elle se sente un peu moins seule.) Un jour, il faudrait bien que quelqu'un agisse et que tout cela change.

Mercandier, l'un des cadres de l'Office, alluma son micro d'un air las. Il allait évoquer la fraude aux autoroutes calabraises — une affaire de route fantôme financée par l'Union. Son principal mérite consistait à mesurer dans les cinq ou six cents mètres — autant dire que c'était l'autoroute la plus courte jamais construite au monde. Les travaux avaient été stoppés avant la fin du premier mois et jamais aucune voiture n'avait roulé dessus. Or, les fonds communautaires (des dizaines et des dizaines de millions en tout) avaient continué à affluer, comme si les travaux suivaient leur cours. Une fraude caractérisée, dont les tentacules de la Pieuvre tiraient les ficelles. Mais c'est à peine si Mercandier articulait les mots qu'il prononçait. On aurait dit qu'il n'était pas totalement tiré de la sieste que cette réunion venait d'interrompre.

— Nos services vont rédiger une recommandation de recouvrement... qui sera communiquée aux autorités idoines... qui prendront les mesures qui s'imposent.

Fin de l'intervention, petit déclic à la racine du micro. Jörg remuait sa jambe droite. Sforza baissait le nez. Oropa n'en croyait pas ses yeux. L'affaire était classée. Stop, fini. Il n'y avait plus rien à dire. Produire des rapports, éditer des recommandations, rappeler les bonnes pratiques, attendre le recouvrement financier, disait le chef. « Surtout pas de discipline. Nous ne sommes pas là pour ça. »

— Et on appelle cela « zèle et ardeur » ! se dit le juge Oropa. Bande de pleutres ! Pas un pour rattraper l'autre.

— Hum ! Hum...

Un petit bruit sec, infime, comme le froissement d'une feuille, ou le mouvement d'un rongeur dans une cuisine. Oropa reconnut finalement le souffle de Jörg à travers le système d'amplification, son insignifiance et sa timidité. Le porte-parole avait sans doute quelque chose à dire : il bégayait, craquetait, se passait un mouchoir sur la bouche et sur le front.

— Je voulais juste vous avertir que nous allions mettre en place un stand, pour les journées portes ouvertes de la Commission, les 2 et 3 mai. Et je compte sur votre présence.

Formidable. Respiration d'aise. Le responsable de la communication n'avait rien de plus à déclarer.

— Nous imaginons un jeu interactif pour présenter nos travaux au public. L'an dernier, nous avons remporté un beau succès avec notre « roue de la Fortune »... (Jörg avait un sourire espiègle.) Cette année... il est question que nous présentions une grande peluche bleue... une peluche géante... à côté de laquelle les enfants pourront venir se faire photographier.

La vanité du responsable de la communication allait jusqu'à s'écraser sous le respectable « nous » de l'institution, partout où il était question d'initiatives dont lui seul était à l'origine.

— Par ailleurs... nous voulions vous avertir... que la semaine prochaine... l'un d'entre nous devra aller présenter nos services sur BX FM...

— Ah ! Très bien !

Oropa ne comprenait pas le sens que recouvrait cette phrase. Quelle était son implication ultime. Il regardait simplement autour de lui. Et tout lui paraissait statique.

— BX FM est une chaîne de radio locale, qui traite principalement d'informations communautaires...

— Oui, bien sûr, ce qu'ils font est formidable.

Ce n'est qu'en voyant Jörg tourner la tête dans sa direction que le juge se rendit compte qu'il était en train de se passer quelque chose. Il le fixa droit dans les yeux, deux ou trois secondes. Puis Sforza en fit de même. Et Dadelsen et Mercandier. Comme s'il s'était agi d'un piège.

— Mais tu sais Sigmund... ajouta Sforza, il s'agit simplement de rappeler que l'Union, en période de crise, a besoin d'utiliser efficacement ses fonds... et que l'Office contribue à renforcer la confiance des citoyens dans le projet communautaire. Ni plus ni moins.

Oropa aurait pu se débattre, refuser, nier, s'insurger comme une bête sauvage : « Ne comptez pas sur moi... Je préfère mourir que de participer à votre manège. » Mais Sforza ne lui en laissa pas l'occasion. Il continuait à parler. Il continuait à le flatter, lui passer la pommade, lui tresser des lauriers.

À cette minute, Sigmund se serait bien vu grimper au sommet des Alpes, ou plonger dans la Méditerranée, coucher dans les foins, se baigner dans le Danube, danser en Bulgarie et boire un verre de *țuică* sur les rives de la mer Noire. Mais pas là, jeté en pâture à ce peuple de nuls. C'est alors qu'il entendit les applaudissements et vit les visages, graduellement, tourner dans sa direction. Le juge cligna des yeux, il hésita. C'était la première fois qu'on l'invitait à prendre la parole de façon aussi solennelle dans ses nouvelles fonctions. (On aurait tout de même pu l'en avertir.)

Le juge dut se lever, enclencher son micro. Aucune idée de ce qu'il allait pouvoir dire. Il commença par quelques remarques d'ordre général (fierté d'être ici, volonté de donner le meilleur de lui-même). Sa voix lui paraissait calme et posée. Ce qui, en un sens, l'encourageait à aller de l'avant. Belle manière de dire enfin les choses telles qu'elles étaient. (À cet instant, Oropa se sentait même presque rageur.)

— Je voudrais... Je voudrais vous parler d'une affaire... épineuse... et capitale... Je voudrais vous parler du scandale des camps...

La proposition ne manquait pas d'audace. C'était son dossier, celui qu'on avait mis entre ses mains, une ou deux semaines après son arrivée. De fait, Oropa cherchait à se mettre au travail. Le scandale des camps de déplacés, chez les Transalpins, chez les Hellènes, partout ailleurs — des camps dans un état de saleté inimaginable — lui apparaissait dans toute sa crudité. Il se disait souvent que cette mission était faite pour lui et cela le galvanisait. (À dix ans, il rêvait déjà de faire œuvre de justice. S'insurger, remettre le monde en ordre.) C'était dans ses cordes. Il avait toujours fait de la lutte contre la corruption et le crime organisé la priorité des priorités.

Mais, dans les yeux du chef, à cette minute, le juge observa la curiosité se muer en appréhension. La salle était surchauffée. Oropa sentit l'humidité rouler dans son dos. Il but une gorgée d'eau. La fortune l'avait fait naître dans un milieu corrompu. Les plaies de la mauvaise conscience avaient été ses premières décorations. Il cherchait ses mots. À treize ans, il avait appris que son grand-père maternel, avant d'être banquier, avait été ministre des Finances de l'administration nazie en Ukraine pendant la guerre. À quatorze, il comprit que le père de son père avait atteint les sommets de la finance transalpine en gravissant un à un les échelons de la pyramide fasciste. Sa carrière à lui n'avait été qu'une suite de malentendus. Alors, face à l'auditoire, avec ce petit bruit d'amplification qui lui cassait la tête, Oropa sentit ses forces vitales se replier. Il tapota une dernière fois sur le micro, puis il se rassit, comme une bête dans sa coquille.

ÖZDUL

•

Le premier appel téléphonique survint peu de temps après cette réunion. On le cueillait au bon, ou au mauvais moment. Le juge décrocha le téléphone, attendit quelques instants. Une voix — une voix de femme —, un fort accent — hellène, peut-être ottoman —, une tessiture assez grave, un ton insistant. Elle articulait quelques phrases maladroites. Oropa y décela quelque chose comme une menace voilée — ou une dénonciation menaçante.

— Je sais des choses... disait-elle. Je sais beaucoup de choses...

Mais l'appel s'interrompit presque aussitôt après, sans raison apparente.

Dans un premier temps, le juge chercha à se mettre au travail. Il ouvrit un dossier, classa quelques papiers. Il fixa même la date de deux rendez-vous pour la semaine suivante. Mais, « des choses... beaucoup de choses... », l'information grésillait toujours au fond de son oreille.

Au fil de la matinée, à mesure qu'il se débattait pour se mettre en mouvement, Oropa sentit monter en lui les signes de l'affolement. Il imagina le regard d'une fureteuse, d'un rat, d'une intrigante, qui allait lui dérouler la litanie des histoires honteuses, pour quelques billets de banque. Ou les questions partiales d'une journaliste, venue là pour faire éclore les sales ragots et satisfaire ses ambitions professionnelles. Le fait est que si tout ou presque était brillant dans le parcours du juge, son histoire familiale était bien moins reluisante.

Chez les Oropa, on confectionnait les chapeaux de père en fils depuis des générations. Des hauts-de-forme, des chapeaux melons et autres feutres, vendus à Milan ou à Florence. Leur fortune était sortie des eaux, vers la fin du XIXe siècle. Comme l'exigeaient les lois de l'évolution, une fois le capital familial consolidé, le patriarche avait donné au plus doué de ses enfants les moyens de ses ambitions. Vittorio, le grand-père de Sigmund, s'était ainsi élancé du tronc stable de la chapellerie jusqu'aux cimes les plus hautes de la finance. Il avait grimpé quatre à quatre les échelons du marchepied fasciste, acheté une Lancia Aurelia et fait construire une villa géante pour organiser des cocktails clinquants où se retrouvait l'élite milanaise. C'était lui, le héros de la famille. Dans le parc de sa demeure se concentraient tous les ferments de la décadence dont Salvatore, son fils, sut tirer profit.

Vers la fin de la matinée, le juge sortit de son tiroir une bouteille de whisky (la réserve pour les coups durs). Il se servit un beau verre, sans glace, et annula tous ses rendez-vous. C'était cette voix, au bout du fil, qui le tracassait vraiment. Elle avait quelque chose de pétrifiant. Presque macabre. À coup sûr, elle était là pour lui mettre les vieilles reliques de son père sous le nez, ses os calcinés, sa peau desséchée, son visage décharné, et tenter de le faire chanter. Dans la vie, tout finissait par sortir de terre. Tous les scandales, tous les pots-de-vin, les trafics, les meurtres ciblés, toutes ces vieilles histoires, dont il héritait malgré lui, allaient lui péter à la figure. Et le tableau avait de quoi faire peur.

Pour le dire vite, Salvatore, son père, dès la fin des années soixante, s'était associé à un homme au pouvoir trouble, qui dirigeait une officine des moins recommandables. On y faisait par exemple transiter les capitaux de l'organisation mafieuse vers les caisses de la banque du Saint-Siège, d'où ils se disséminaient dans l'économie mondiale pour revenir blancs comme neige en Italie. On finançait aussi les dictatures, on noyautait les corps de l'État, on soutenait les criminels de guerre en fuite, on faisait la loi dans les grands organes de presse, mais plus que toute autre chose, on préparait l'arrivée d'un pouvoir fort dans la péninsule, et pour ce faire, la méthode consistait à multiplier les crimes et les attentats. Sans doute le père de Sigmund avait-il aussi participé à tout cela. Sans doute était-il coupable. Mais Sigmund, lui, n'y était pour rien. Il n'avait rien fait, il n'y était pour rien. C'est du moins ce que voulait croire le juge. Et il se servit un autre verre.

À dix-sept ans, pour s'affirmer, pour dissiper sa honte aussi, Sigmund avait décidé de s'inscrire à la faculté de droit. Faire œuvre de justice et réparer. (Il croyait encore en sa chance.) Révolutionnaire, communiste, bientôt socialiste, dans les faits, sa formation universitaire ne permit pas au jeune Sigmund de rompre avec son milieu. On aurait même pu dire qu'elle complexifia les relations qu'il entretenait avec lui. Son père, dont l'entregent était sans limites, n'eut pas grand mal à faire nommer son fils fraîchement diplômé à la deuxième chambre du tribunal de Milan, où Sigmund fit de la lutte contre la corruption, les malversations et autres trafics d'influence son cheval de bataille comme s'il était libre de le faire.

Aujourd'hui, à y regarder de plus près (il avait fini par trouver deux glaçons à la cafète), il lui semblait avoir été promu un peu trop vite sans doute. Il travaillait dur, certes. Il était brillant. Et le fait d'avoir participé à la grande campagne de purification des institutions qu'aurait pu être l'opération « Mains propres » remplissait son cœur de fierté. Mais un doute le taraudait encore (« encore », peut-être le mot n'était-il pas tout à fait approprié, tant ce « doute », dedans, flottait comme une brume sur les sommets, un miroir déformant, quelque chose qui traversait chaque fait et chaque résolution et qui du « doute » lui-même faisait une sorte de réalité plus ferme que tout le reste). Sigmund avait-il seulement cherché à terrasser le dragon ? Ce dragon du dehors qui dévorait les villes et les villages de son pays et qui réclamait toujours plus de nourriture — ce dragon du dedans qui creusait un trou de part et d'autre de sa vie. Sigmund, le fils de Salvatore, le petit-fils de Vittorio et de Karl, était-il si pur qu'il s'imaginait l'être ?

Lorsqu'il avait été nommé à la Cour de cassation de Milan, une seule pensée lui avait permis de se mettre à l'abri des assauts de la mauvaise conscience — et Ruth, son épouse, la lui avait formulée avec une implacable justesse.

— Personne ne t'a encore jamais rien demandé, mon chéri. Rien, pas même une faveur, pas même une information. De quel type d'influence peut-il s'agir ? De qui pourrais-tu bien être l'agent, si personne n'attend rien de toi ?

Sigmund avait regardé sa femme, avec ravissement.

— De toute façon, avait-elle continué, des bouches et des oreilles, le Palais en est déjà plein. La justice a beau répondre à des mobiles privés, mon amour, cela ne fait pas de toi une balance.

Ainsi réussit-il à se remettre en selle. Pendant des années, le ministre des Grâces et de la Justice avait eu recours à ses services pour lutter contre le crime organisé, travailler aux lois dites « anticorruption », promouvoir sur les plateaux de télévision la politique volontaire de son gouvernement et dire, au nom de tous, combien le désir était ardent de se défaire de la Pieuvre. Et tout se passait pour le mieux. Mais lorsqu'il fut nommé juge au tribunal de l'Union — poste honorable s'il en est —, ses vieux démons l'assaillirent à nouveau. Quel sens cela avait-il de faire de lui, sans doute le plus volontaire de tous, un membre pontifiant du tribunal ? Qu'avait-il à faire d'établir la conformité des politiques nationales au droit communautaire ? Qu'avait-il à faire de statuer sur les quotas de lait, les poutrelles en acier, le ciment, les cartels d'entreprises dans le secteur du polycarbonate de vinyle ou la position dominante d'Irish Sugar sur le marché irlandais ? Ce n'était pas son destin. Il se scandalisa, il s'offusqua, il enragea. Ne cherchait-on pas à le mettre à l'écart, pire encore, à se servir de lui pour noyauter les plus hautes juridictions communautaires ?

La première fois qu'il s'était rendu au tribunal de l'Union, Oropa avait trouvé que la chose ressemblait à une sorte de concours de l'Eurovision (folklorique, mal organisé et dont les participants manquaient sans doute encore d'entraînement), mais pas à une haute assemblée. Et cela avait fait rire sa femme. La nuit, au milieu d'une insomnie, il avait imaginé ces juges le costume maculé de boue, de salive et de sang, communier la tête dans le caniveau, les bras en croix, en train de crier à la lune après l'extension de leur plaisir. L'un d'eux lui avait proposé un concours de strip-tease, un autre de pisser dans la rivière, un troisième de parler en alexandrins. Il avait raconté sa vision à Ruth, qui s'était mise à rire encore. Le lendemain, à la première heure, raides comme des platanes, ces juges avaient repris l'expression digne des authentiques hommes de loi et siégeaient autour de la grande table. Sigmund renonça à s'insurger.

Au tribunal de l'Union, la pompe et le prestige de ses nouvelles fonctions finirent même par le griser. C'était la belle période. Il trônait sur le siège le plus haut. Un jour sur deux, il se rendait à la salle de sport. Il courait en bordure du parc des Trois-Glands une à deux fois par semaine (comme tous ces heureux fonctionnaires qu'il voyait vivre et s'épanouir sur les bancs publics, comme tous ces bons banquiers qui semblaient si professionnels dans leurs costumes ajustés à leurs maigres carcasses). À la Cristallerie, restaurant dont son père lui avait vanté les mérites, dans les rues de la vieille ville, qu'il connaissait pour y avoir vécu une partie de son enfance, dans cet immeuble du tribunal flambant neuf (une grande sphère coincée entre deux plaques d'acier verticales figurant, selon les mots de l'architecte, « l'effort sans cesse renouvelé de faire éclore la justice »), Sigmund Oropa se coulait progressivement dans le corps, dans le costume et dans l'esprit d'un juge communautaire.

Il fallait lire des dossiers bien ficelés et évaluer leur recevabilité. En dix ans au tribunal de l'Union, ce qui était loin d'être accablant, Oropa étudia les quelque cent cinquante-six requêtes, plaintes, relatives à l'agriculture, à l'industrie, à l'automobile et aux emballages — sans faire une seule concession. Il se familiarisa avec les notions de norme, de normalisation, de conformité, de mise en conformité et d'harmonisation, il s'amusa à mettre les lois à plat, à les superposer, à les découper, à les papilloter, à les enchâsser comme un enfant s'acharne à faire entrer une sphère dans un cube. Oropa était même parfois empli du sentiment de faire œuvre utile. De promouvoir sa cause. De contribuer à ce que les peuples se rencontrent, se comprennent et s'entremêlent en harmonie.

Pourtant, à cette époque, Sigmund ressentait toujours en lui cette chose qui résistait. Une frustration, un sentiment de gâchis, l'idée têtue qu'il ne faisait pas le maximum pour satisfaire à son idéal. Il avait des visions de couloirs, des visions de couloirs qui donnaient sur d'autres couloirs, de baies vitrées, de sols lustrés et de moquettes aux couleurs grises, de bruits feutrés, de puits de lumière, la forme des nuages, les portes, les petits et les grands bureaux, de salles de réunion, de canapés en cuir, de lambris de bois clair, de façades en verre et d'art officiel — des sujets en bronze, des fresques murales, des allégories de la Paix ou de la Prospérité dans l'Union, des toiles aux couleurs fauves présentant l'alliance des Nations —, mais aussi les piles de dossiers arc-en-ciel, la rue de la Loi et les rendez-vous, les petits déjeuners et conversations secrètes, la fatigue, les réunions de la dernière chance, les sommets, les négociations, les trajets en train et le pouvoir, le pur et grand pouvoir, juste et incorruptible, qu'il aurait un jour à incarner aux yeux de tout le continent. Sigmund sentait vibrer en lui l'envie d'entrer dans l'arène. Il allait pénétrer les recoins sombres, lointains et identiques, mais beaux de la Commission. La Commission, cet immense, ce gigantesque vaisseau. L'idéal communautaire s'agitait toujours en lui.

À chaque remaniement, Oropa s'imaginait ainsi que ce serait son heure. Il allait être appelé. On allait solliciter ses services. Le juge allait entrer en politique et faire éclore son talent au cœur des institutions communautaires. Il attendit ainsi un certain temps cet événement qui n'arriva pas — du moins pas comme il l'espérait.

Car au bout d'une lente et fastidieuse campagne pour s'extraire du tribunal, il ne réussit qu'à être nommé à la tête du service juridique de l'Union, un poste séduisant, mais sans envergure. (La vie s'acharnait à lui apporter des plats sans saveur.) Rien n'était conforme à ses attentes, rien ne lui seyait, et cette insatisfaction, s'il ne se l'était pas toujours formulée, avait fini par déteindre sur son comportement. Le juge était devenu irascible, colérique, voire tyrannique. Tout allait trop lentement. Rien n'était à sa place. De plus en plus procédurier, il notait les fautes et les écarts de conduite des uns et des autres sur de petits carnets. Il remplissait des dossiers, conservait les lettres et consignait les conversations. Ses secrétaires, ses collaborateurs, ses interlocuteurs, Oropa était redouté par son entourage. Avec son moralisme et ce ton de monsieur-je-sais-tout, il acheva de se rendre insupportable aux yeux des politiques — et l'on profita d'un petit écart de conduite pour le déboulonner sans préavis. C'est ainsi qu'il atterrit un beau matin dans un poste secondaire de l'Office des fraudes de l'Union, où il attendait le retour des chevaux de l'Apocalypse en dressant son doigt moralisateur sans aucun champ d'action.

Jour après jour — le travail, ces journées de travail ordinaire, c'est-à-dire infraordinaire (beaucoup d'efforts, peu de résultats) — Oropa sentait ses forces diminuer. Il avait beau remettre les piles en place sur le bureau, sa vie n'en finissait pas de s'écrouler. L'idée de n'avoir rien accompli le cisaillait. Il montait les marches, il les descendait. Il se perdait entre deux portes. La cadence traînante de sa démarche sur la moquette, son rythme cardiaque qui s'emballait... Il se sentait vieillir. Plus le courage, il n'avait plus le courage de se battre contre plus fort — plus l'énergie de se battre contre ce substrat trouble qu'il n'avait lui-même jamais réussi à éclaircir et qui le rongeait de l'intérieur. Il aurait simplement voulu savoir comment les gens s'y prenaient, comment ils s'y prenaient pour que leur vie ressemble à quelque chose d'à peu près digne.

Après son troisième whisky, Sigmund décrocha son téléphone. Réserva une table au Pied d'Argent. (Son remède contre le naufrage.) Là, on lui donna la table près de la fenêtre, une assiette d'asperges à la sauce mousseline et un verre de pouilly. Puis un *stoemp* (une purée de légumes de saison) garni de deux saucisses qu'il mangea avec un côtes-du-rhône très charpenté.

Ainsi, après quelques heures, en poussant le tourniquet de l'Office des fraudes, Sigmund relativisa la situation.

Cette tentative d'intimidation téléphonique lui apparaissait comme un travail d'amateur, peut-être même une plaisanterie. Personne n'avait rien à lui reprocher. Oropa écoutait tout le monde et tout le monde l'écoutait. Il n'était pas le premier venu, ce n'était pas n'importe qui. Personne ne l'avait jamais fait chanter. Pourquoi se tournebouler l'esprit à la moindre alerte ? Cette femme n'avait pas même pris la peine de le rappeler. Oropa s'en amusa et ressortit faire une balade pour se détendre. Dans une librairie, il contempla les présentoirs. Un essai sur l'histoire ouvrière. Un autre sur les fresques de Michel-Ange. Dehors, il s'installa à une terrasse et commença à lire. Par petites grappes, les tables se remplissaient. Des employés, des fonctionnaires, des diplomates qui parlaient trois ou quatre langues. On profitait du dernier rayon de soleil. À cinquante-deux ans, le juge avait toujours belle allure. (Sa chevelure était romantique, ses yeux clairs.) Il portait d'élégants costumes sombres, des chaussures venues d'outre-Manche. Il prenait soin de lui et les femmes ne semblaient pas indifférentes à ses charmes d'homme mûr. Il n'y avait donc pas de raison de perdre tout espoir.

Le second coup de fil arriva le lendemain, aux alentours de dix-sept heures. C'était la même voix, le même accent, mais l'affaire se précisait. Oropa entendit parler d'appel d'offres, d'extorsion de fonds et de corruption au sein de la commission des affaires extérieures. Et sans savoir pourquoi, il se sentit concerné, voire impliqué. La chose était si pressée (« urgente » ou « grave », disait la voix) qu'il fallait se rencontrer « dès demain ». Oropa pouvait toujours s'imaginer qu'il s'agissait d'un canular — il avait le mérite d'être bien fait. (Dans la vie, tout finit par sortir de terre.) Ça allait remonter, c'en était fait de ce qu'il lui restait de réputation. Adieu le retour du justicier. Et la peur refit surface.

À la fin du troisième jour, il était dix-huit heures. Quelques sportifs se dispersaient aux quatre coins du parc du Centenaire. Oropa attendait en triturant un trombone dans sa bouche. Deux enfants couraient après un ballon, un couple poussait un landau. Un peu plus loin, des gens parlaient au téléphone derrière les arbres. Il remarqua un parapluie rouge, un visage rond, de grosses lunettes. On lui tendit une main faussement ferme :

— Dimitra Özdul. Ravie de faire votre connaissance.

Cette femme parlait un drôle d'anglais. Ses vêtements étaient amples, ses bijoux clinquants. Oropa sentait une grosse boule au fond de sa gorge. Il n'arrivait pas à parler. À peine à respirer. On partit s'abriter dans un café.

— On m'a dit que vous aviez occupé des positions... beaucoup plus importantes...

Le rouge à lèvres de cette dame débordait de chaque côté.

— J'ai entendu dire que vous n'étiez pas tout à fait... Enfin... aujourd'hui... vous moisissez dans un placard.

Oropa commanda un second café.

— Écoutez-moi bien, Monsieur !

Özdul remuait un objet au fond de sa poche, tout en le fixant dans le blanc des yeux.

— Je vais vous dire quelque chose de très important... d'extrêmement important même.

Oropa se raidissait. On avait beau vieillir, se disait-il, on avait beau voyager, jamais on ne se défaisait de l'ombre de celui qui vous avait mis au monde.

— J'ai là de quoi vous rendre... de quoi reprendre du prestige... *beaucoup de prestige...*

Özdul tenait entre deux doigts une de ces petites cartes numériques remplies de données. Oropa la regardait. Il cherchait à garder contenance en croquant une à une les petites arachides qu'on lui avait apportées dans une coupelle en même temps que le café.

— Et je vais vous en faire profiter. Tout est là, lui dit-elle, le bras tendu, avec cette petite clé numérique à l'intérieur de la main. Les enregistrements du conseil d'administration de l'Arcadia. Vous connaissez ?

Grande respiration. Oropa sentait graduellement la pression sur ses épaules se relâcher.

— C'est une grosse société qui gère l'accueil des déplacés sur le continent. Ils sont en passe d'obtenir un super-contrat pour la construction d'un *hotspot* sur les côtes ottomanes. L'enregistrement est on ne peut plus éloquent. Il est question de verser des fonds à un agent communautaire pour gagner le marché. Corruption caractérisée. Vous saurez quoi faire. J'ai toute confiance en vous.

Après un dernier cocktail à la Pharmacie anglaise, Sigmund poussa la porte de son pavillon. Dans l'entrée, sur le buffet, il déposa ses clés. Ruth sortit la tête de la cuisine. (Son air était mutin, ses yeux rusés.) Il l'embrassa sur le front. Elle se frotta à lui avec tendresse.

— Tu préfères un verre de vin ou du whisky ?

— Raconte-moi plutôt ta journée.

— Ça s'est bien passé...

Ruth était heureuse. (C'était son mari, son monument.) Installés sur le sofa, ils assistèrent à la fin du journal télévisé. Des hordes mécontentes déambulaient dans les capitales. On hérissait les frontières de barbelés. Les bateaux sombraient au fond des mers, les camps étaient saturés de monde. Ruth avait préparé un navarin (Oropa y avait pris goût à Paris et Ruth en faisait mijoter de temps à autre). Il ne servait à rien de s'inquiéter, se dit le juge. Ruth lui servit un autre verre de vin, il reprit un peu de viande. Cette Özdul lui avait confié des enregistrements, il y était question de corruption à propos d'un camp de déplacés — les choses arrivaient à point nommé. Le veau était délicieux. Le vin exquis. Il ne tenait qu'à lui de faire éclater l'œuf et de purifier la bête. Sigmund était à nouveau plein d'espoir et jovial. Bientôt, comme chaque année, on irait sur les rives du lac de Constance pour dix jours de jeûne thérapeutique. Dans un an, on fêterait les noces d'argent au large du Spitzberg — et sur un bateau de croisière, on irait contempler la banquise en pleine débâcle. Alors, pourquoi ces angoisses terrifiantes ? Sigmund s'imagina faire l'amour à sa femme. Il n'y avait vraiment pas de raison d'attendre quoi que ce soit d'autre de la vie. Et ce fut une très belle nuit.

DADELSEN ET MERCANDIER

•

Le lendemain, au troisième étage de l'Office, Sigmund Oropa contemplait les murs de son bureau. Pas très propre, presque sale pourrait-on dire. À son arrivée, on lui avait pourtant promis que son bureau retrouverait bientôt l'éclat et la superbe qui lui seyaient. Mais la moquette n'avait pas été livrée. On attendait toujours les peintres. La plante verte elle-même semblait sur le point de rendre l'âme.

Le juge résolut de descendre boire un café. (Impossible de se mettre au travail dans un tel capharnaüm.) Il dégringola deux étages, tourna à droite, à gauche, continua en face, remonta encore un peu — et face aux toilettes, entre une machine à boissons chaudes et le distributeur de barres chocolatées, il tomba nez à nez avec Mercandier. (Triste rencontre.) Le fonctionnaire se tenait sur un pied (l'autre était en l'air). On aurait dit qu'il venait de se faire surprendre la main dans le sac.

— Ah ! Tiens, lui dit son collègue. Je voulais justement te voir. Il y a réunion, demain, à quinze heures !

Manque de sommeil, folie passagère ou mise en scène grossière, pour quelle raison ce type se mêlait-il à présent de l'agenda du service ? Comme une anguille, comme un charançon, comme une tique — quelque chose que l'on écrase entre deux pouces —, Mercandier se mit alors à ramper dans la direction d'Oropa, qui comprenait mal ce qui se passait.

— Tu n'as pas oublié, j'espère. Tu seras là ?

Mercandier le fixait de ses yeux ronds. Il ne disait rien, il ne bougeait plus, il suintait. Oropa avait eu l'occasion de déjeuner avec ce type à plusieurs reprises. Sa conversation était d'une pauvreté insondable. Les années glissaient sur sa coupe de président panaméricain, ses nœuds de cravate et son sourire inepte. Mais les gens lisses sont les plus dangereux, se dit le juge. Rester méfiant.

— Dis-moi Freddy (il portait un de ces prénoms, tout de même !), si je comprends bien, il n'y a pas urgence... C'est demain après-midi, la réunion ?

— Oui, c'est ça. Après-demain.

Officiellement, Mercandier était l'un des meilleurs éléments. Il s'occupait à l'ordinaire des fraudes aux textiles (les provenances, les marques, la contrefaçon), et pour couronner le tout, on venait de lui octroyer la gestion du dossier des épidémies, c'est-à-dire des fraudes massives qu'elles entraînaient. Mais comment un être aussi étrange, qui avait le don de transformer la situation la plus élémentaire en quelque chose de confus (impossible, en l'état, de dire si la réunion devait se tenir demain ou après-demain), réussissait-il à faire briller sa carrière à ce point ? Tout cela masquait quelque chose.

Mercandier approcha de la machine à café. Il glissa une pièce dans la fente. Un breuvage à peine coloré glouglouta dans le gobelet.

— Tu travailles bien en ce moment ? demanda-t-il au juge. (Encore une remarque fourbe.) Je veux dire... tu avances bien avec tes déplacés ? (Mauvais trait d'humour. Ne pas se laisser aller à la sympathie.)

— Comme si ça t'intéressait, lui répondit le juge d'un ton ferme.

Oropa cherchait juste à ne pas donner de prise à son collègue ou lui livrer d'information utile.

— Mais oui, bien sûr... Je me demandais, c'est tout.

Mercandier tendit la main, ouvrit la bouche et bascula le contenu du gobelet entre ses deux mâchoires. Il eut même l'air de s'en satisfaire. Cet homme était l'incarnation la plus pure de l'employé, le prolongement humain d'un mécanisme automatisé de distribution de boissons. Des années de mises aux normes, de contrats internationaux, de sommets communautaires, de négociations, d'harmonisation, d'accords bilatéraux, des milliers d'employés qui travaillaient jour et nuit, pour en arriver à cette adéquation parfaite entre le fonctionnaire communautaire et ce qu'on persistait à appeler café, par nostalgie ou par ironie.

Mais Mercandier tapotait du pied. Il paraissait nerveux, maintenant.

— Dis, tu n'aurais pas vu Dadelsen ? Je le cherche depuis tout à l'heure. Et je ne le trouve pas.

Puis il esquissa un geste pour sortir l'une de ses puanteurs de cigarettes qu'il devait lui-même prélever sur les stocks de la contrebande que l'Office était censé pourchasser.

C'est alors que le miracle eut lieu. Oropa tourna la tête, Mercandier suspendit son mouvement. La porte des toilettes s'ouvrit. On aurait dit l'un de ces offices orthodoxes où les prêtres, les diacres et les clercs entrent et sortent par les petites parois couvertes d'or et de pierreries qui séparent la nef du sanctuaire. Piero Dadelsen venait de faire son entrée. La mine fatiguée, mal rasé, sa veste en cuir était usée, son haleine épouvantable.

Mercandier passa affectueusement la main dans le dos de son alter ego. (Respiration d'aise.) Le couple se reformait enfin. Oropa sourit méchamment. Dadelsen et Mercandier, lorsque vous les preniez ensemble, c'était l'alliance du yin et du yang, de la gauche et de la droite, du rouge et du noir, de la merde et de la pisse. Dadelsen et Mercandier, c'était la tenaille qui vous cassait la tête.

Oropa était sur le point de prendre congé lorsque Dadelsen affecta son air le plus jovial (un masque de carnaval mal dégrossi).

— Vous êtes au courant ? Mercredi, il y a une réception au Parlement. Feuilles de vigne et ouzo à tous les étages. Ce sont les Hellènes qui invitent. (Petite expression réjouie de Dadelsen, lèvre humide de Mercandier.) En règle générale, on finit à quatre heures du mat'.

Dadelsen s'adressait maintenant à Oropa en lui tapotant sur l'épaule.

— Viens, Sigmund ! Tu ne vas pas le regretter !

Sans doute l'ancien juge n'était-il pas le seul à se faire la réflexion, mais il trouvait que Dadelsen ressemblait à un flic véreux. Ce type était pourtant à la tête du service des fraudes à la cigarette. Autant dire que c'était sur les épaules de ce demi-truand que reposait la quasi-totalité du fonctionnement de cet Office.

— Écoutez, dit Oropa, je vous apprécie tous les deux... C'est vrai. Vous m'êtes très sympathiques. Mais il se trouve que j'ai toujours mieux à faire que de passer une soirée avec vous.

Ricanement des deux épouvantails.

— Oh, mais bien sûr... Monsieur le Juge... (Emphase ironique.) Si vous préférez regarder un film sur votre canapé avec Madame...

Mercandier et Dadelsen crissaient en rigolant. Ils ressemblaient à un être protéiforme, segmenté et insaisissable, un monstre mythique divisé en deux. Oropa sentait sa gorge se serrer (il fallait lutter, trouver le moyen de lutter encore contre ce dragon à deux têtes).

— Mais tu sais, Sigmund, ça fait tout de même du bien, de temps à autre, de boire un verre avec de bons amis. Ça change les idées.

Dadelsen n'arrêtait pas de jeter des regards en coin. Mercandier réagissait au quart de tour.

— Ne te laisse pas bouffer par ta femme, Sigmund.

— Elle ne t'en voudra pas si tu sors un soir.

— On dira que c'est pour le travail.

Ils n'arrêtaient plus de rire, comme le public d'un café-théâtre. Et c'est pourtant au milieu de cette absurde conversation, alors qu'il venait de jeter son gobelet dans la poubelle, qu'Oropa ressentit la première décharge de venin.

— Mais au fait... Sigmund... on ne t'a pas encore félicité !

— Mais oui, c'est vrai !... Bravo mon vieux !... C'est formidable !...

Dadelsen lui tapota à nouveau dans le dos. Mercandier resserrait le nœud de sa cravate.

Oropa n'avait rien à fêter, rien de nouveau dans sa vie, sinon trois ou quatre livres sur sa table de chevet. Sur quel point l'attaque pouvait-elle porter ? Où voulaient-ils en venir ?

— C'est un drôle de concours de circonstances, tu avoueras.

— On se disait, tu ne t'étais pas encore mis au travail, et voilà que cette femme t'appelle...

Les lèvres de Mercandier remuaient, Dadelsen hochait la tête. La phrase tombait comme une bille de plomb sur un lé de dentelle.

— C'est vrai, tu as l'air tout ragaillardi d'un coup ! Ne dis pas non, je le vois sur ton visage.

Mais qu'est-ce qui allait encore lui tomber sur la figure ?

— Les rendez-vous secrets, les enregistrements, la conspiration... C'est vrai que ça fait plaisir... Hein ?

— En même temps, tu n'es pas trop dépaysé... Je veux dire, tu es même dans ton élément. Non ?

Un autre que Sigmund aurait pu prendre la chose à la plaisanterie. Un autre que lui aurait pu faire demi-tour et s'en aller. Le juge se sentit comme condamné devant un peloton d'exécution.

Un fonctionnaire sortit des toilettes. Un autre commanda du potage à la tomate. Oropa devait être sur écoute. Ou quelque chose dans ce goût-là.

Dadelsen et Mercandier approchèrent du juge, par la droite et par la gauche. Ils lui passèrent la main dans le dos et le guidèrent vers l'ascenseur. Le juge tenta vainement de se débattre. Les portes s'ouvrirent, au bout du couloir, ils montèrent trois marches, tournèrent à droite, pivotèrent encore. On arrivait au dernier étage.

Là-haut, la vue circulaire sur le bouillon gris et vert de la capitale était infâme. La brume, le ciel lourd, une gigantesque flaque hérissée de poils. Mercandier et Dadelsen étaient juste à côté de lui. Ils avaient les yeux agiles. Les doigts comme des crochets.

Mercandier portait une montre immense à son poignet. Cerclée d'or, elle paraissait aussi surprenante qu'un œil sur un genou. Oropa la remarquait pour la première fois. Il imagina que ce devait être un cadeau de sa femme, un présent pour leurs noces d'argent. Ou un trophée arraché à un cadavre — et Sigmund vérifia que la sienne était bien en place. Douze heures douze. Dadelsen observait chacun de ses mouvements, les uns après les autres, comme si Oropa était une bête de l'autre côté de la grille d'un zoo.

— Fais attention, Sigmund.

— Nous t'aimons bien, nous aussi... Tu sais cela. Et on voulait juste te mettre en garde.

— Cette femme est un casse-noisettes de première catégorie.

De qui voulaient-ils encore parler ?

— D'Özdul, mon vieux. D'Özdul. Elle est totalement déréglée... Tu l'as bien vu.

Nouveaux rires, venus du ventre, qui raclent la gorge.

— Tu sais, à la Cafex (traduisez : la commission des affaires extérieures), on suit de très près toute cette affaire. C'est sensible.

— Je connais bien Mortensen, admit Oropa.

— Précisément. Mortensen n'ignore rien de ce que tu fais.

— Et ça pourrait lui faire du mal que tu ébruites ces histoires.

Quelles histoires ? De quoi voulait-on parler ?

— Ne fais pas n'importe quoi, Sigmund... La construction communautaire a ses règles. Et les camps, en dernier ressort, cela relève de son autorité.

Mercandier levait les yeux. Dadelsen serrait les poings. Oropa n'avait encore rien fait. Il n'avait rien entrepris. On le mettait déjà sous pression.

— Tu as écouté les enregistrements ?

— Parce qu'il faudrait que tu nous dises ton sentiment, Sigmund.

— Nous sommes curieux.

Mercandier et Dadelsen souriaient encore.

— J'imagine que tu comprends...

Oropa voyait à peu près de quoi on voulait lui parler. Dans l'Office, en plus de l'équipe d'enquêteurs chargée de tracer l'argent des différents fonds communautaires (celle dont Oropa faisait partie), il en existait une autre, plus secrète, qui avait pour mission de surveiller de l'intérieur ce que faisaient les enquêteurs. (Faisaient-ils bien leur travail, ne se laissaient-ils pas corrompre ?) On appelait « Brigade » l'ensemble de ces observateurs. Ce pouvait être la collègue du bureau d'en face, l'assistant que vous jugiez incompétent, n'importe qui. En principe, le fait de s'entretenir à visage découvert avec les membres de la Brigade était impensable. Cela aurait été comme devenir ami avec l'homme qui instruisait votre procès, ou déjeuner avec votre geôlier. La Brigade disposait de pouvoirs illimités, de dossiers complets sur chaque nouvelle recrue. Des dossiers intensifs et extensifs. Des dossiers qui plongeaient dans les ramifications de votre enfance, qui visitaient chaque étage de votre conscience, des dossiers qui foraient l'enchevêtrement intime de tout fonctionnaire en poste à l'Office. Ces gens pouvaient lire dans vos pensées, anticiper vos désirs et interpréter les motivations de vos gestes. À cette minute, malgré le ridicule de ces deux pantins, malgré leur allure infecte, Oropa fut convaincu que Dadelsen et Mercandier savaient tout de lui.

— On va construire un nouveau camp...

— ... à Borderum, sur les terres ottomanes.

— Mais tu sais cela, n'est-ce pas ? Il va accueillir plusieurs dizaines de milliers de déplacés. (Hyper-perfectionné, hyper-propre, le dernier cri en matière de camps d'accueil.)

Dadelsen se mit à détailler les plans du camp de Borderum. Il était fiévreux, exalté et levait les bras au ciel (drôle d'enthousiasme). Sans doute voulait-il faire profiter Oropa de ses dents blanches, presque bleues, qui illuminaient l'espace comprimé entre ses deux lèvres violettes. Il parlait de la façon qu'on aurait d'accueillir les gens, de les nettoyer, de les habiller, de les faire attendre et de les rendre heureux. Une véritable abjection.

— Le projet est ottoman... Mais comme l'Union finance, vois-tu, c'est l'Union qui arbitre.

— La moindre des politesses.

— Laissons-les donc faire leur travail.

— La boîte s'appelle Arcadia. Elle devrait chapeauter le projet.

— C'est une jeune boîte, mais bien implantée.

— Elle est déjà présente chez les Hellènes et profite de l'appui logistique de la R4G.

— Ça te dit quelque chose ?...

Le juge avait conscience d'être en présence de ce que le système avait de plus pourri. (L'influence, le lobby, les coups fourrés.) Tout ce qui de près ou de loin détruisait les rêves. Tout ce contre quoi il fallait s'ériger. Le reste, on le lui expliqua en termes plutôt clairs.

— La R4G est une société militaire privée, leader sur le marché (plusieurs milliards de capitalisation en bourse, de grands acteurs miniers et pétroliers ayant pris position dans l'affaire). C'est elle qui a été choisie pour former la police des frontières en Libye et repousser les déplacés. C'est elle qui a pensé et construit les camps de rétention, elle qui survole les frontières en avion.

Ailleurs dans le monde, la R4G plaçait ses agents à la frontière de Jérusalem, ses gardiens devant les portes à tambour des organisations internationales ; elle surveillait les ambassades sensibles et les prisons d'opposants politiques, fournissait du renseignement au mieux-disant. L'Union lui versait, par exemple, plusieurs centaines de millions par an pour assurer la sécurité ici ou là et pour épauler les polices des frontières lorsqu'elles se sentaient débordées. Seulement, les méthodes de la R4G n'étaient pas douces. La surveillance des matchs de football venait de lui être retirée dans certains pays, à la suite de cas de maltraitance et d'abus de pouvoir. Au Moyen-Orient, la R4G avait dépassé ses prérogatives et tué des centaines de civils sans justification apparente. C'était pour ça (et puis, bien sûr, pour travailler avec l'Union sur un nouveau pied) que la R4G avait entrepris une mue, en s'associant à une société de BTP et une ONG spécialisée dans l'accueil et l'assistance aux déplacés, au sein d'un consortium connu sous le nom d'Arcadia.

— Joli nom, concéda Sigmund.

— Ce sont eux qui devraient superviser la construction et la gestion du camp de Borderum chez les Ottomans.

— Ah...

— Et on ne voudrait pas que cette Özdul fasse tout péter, pour de mauvaises raisons.

— Cette histoire de corruption n'a pas de sens, tu le sais très bien.

— L'affaire est montée de toutes pièces.

— Özdul a certes joué le rôle d'intermédiaire entre l'État ottoman et l'Union pour le compte de l'Arcadia. Mais tout ce qu'elle dit est faux.

— Archifaux.

— Sabiani est un ami, quelqu'un de méritant. Nous le connaissons bien. Il travaille aux affaires extérieures depuis des années. Il nous a déjà beaucoup aidés.

Sabiani... Oropa se souvenait qu'Özdul avait elle aussi évoqué ce nom avec insistance.

— Un brave type, dit Dadelsen.

— Qui réclame juste un peu d'aide et de discrétion, ajouta Mercandier.

— C'est lui qui a négocié avec l'Arcadia à propos de la construction du camp de Borderum. Il n'a jamais reçu d'argent. Ni de l'Arcadia ni de personne.

— Et nous sommes bien placés pour le savoir. On déjeune une fois par mois avec lui. Il nous l'aurait dit.

Les deux agents fixaient Oropa droit dans les yeux. Sans bouger.

— Dernière chose...

— Nous doutons que Sforza soit le bon interlocuteur dans cette affaire.

— Il est gentil, consciencieux. Mais il ne comprend rien à ce genre de dossiers.

— Nous plaçons toute notre confiance en toi.

Mercandier remontait la molette de sa montre. Elle faisait un bruit de carrosserie déglinguée.

— Mon bon Sigmund...

— Tu es le mieux placé pour gérer cette affaire.

Mercandier tapotait maintenant sur sa montre. Il se tourna vers Dadelsen :

— Mais quelle heure peut-il bien être, au fait ? (On aurait dit un rite, un cérémonial.)

Dadelsen se tourna vers Oropa :

— Il va falloir que nous te laissions, Sigmund...

Oropa sentit leurs yeux qui suivaient le mouvement de ses pieds sur le linoléum.

— Et n'oublie pas ! La semaine prochaine, soirée hellène au Parlement ! On compte sur toi. Ça va être la fête.

Les portes de l'ascenseur se refermèrent avec un bruit de panzer.

ANGÈLE

•

Une semaine plus tard, ce pouvait être le 6 ou le 7 avril, la pluie venait de redoubler, il faisait froid. Oropa se tenait au milieu de la rue de la Loi, statique, les deux bras le long du corps, en plein exercice d'introspection. Il ne s'était toujours pas remis des événements des derniers jours. Il avait peur.

C'est alors qu'à quelques mètres de lui, aux alentours du palais de justice, il aperçut cette silhouette. Une tige, une forme chaleureuse qui dansait dans la lumière. Les façades ruisselaient, des torrents d'eau s'engouffraient dans les bouches d'égout, les voitures l'éclaboussaient, mais ce corps, au loin, bougeait comme si le bleu du ciel l'illuminait.

Comment formuler ce que le juge ressentit ? Était-ce la démarche, la longueur des cheveux, ou bien ce port de tête ? Comment décrire les sentiments contradictoires qui s'agitaient en lui à cette minute ?

La femme portait un chapeau, des escarpins, un imperméable. Dans chacun de ses gestes, un je-ne-sais-quoi lui semblait familier. Quelque chose de soyeux et de juvénile. Et cette forme, cette présence corporelle l'attirait inexorablement. Comme si l'éternité lui faisait face.

Il eut le sentiment de sa peau, d'un petit bout de sa peau, la brume de leur première nuit et cette douce fatigue qui vous presse sur les épaules en vous faisant penser que vous êtes enfin un homme, parce que vous appartenez à quelqu'un.

Sigmund se passa une main sur le visage. Il était trempé. Il se vit tel qu'il était. Faible et corrompu. (Quel était le sens de sa vie ? Pour quelle raison avait-il atterri dans ce service miteux ? Qu'avait-il accompli de vraiment grand qui lui aurait permis d'affronter cette situation avec un tant soit peu de dignité ?)

Il fit un pas de côté, pivota légèrement et opéra un demi-tour. Il ne pouvait pas s'agir d'Angèle. Et le juge partit s'enfermer dans son bureau.

Sigmund et Angèle avaient fait connaissance à Paris, trente ans plus tôt. Sigmund était inscrit en troisième cycle de droit communautaire. Il prenait goût au théâtre et nourrissait sa francophilie grâce aux matchs de l'AS Saint-Étienne. Angèle s'était installée à côté de lui, sur les bancs de la faculté. Sigmund l'avait à peine regardée — et c'était elle qui avait engagé la conversation. Belle, un peu frondeuse aussi. Elle souriait en se moquant gentiment de lui. Mais elle lui avait proposé d'aller boire un café presque aussitôt. Angèle de Grossoult était la dernière-née d'une lignée d'avocats. (Des gens qu'elle méprisait ouvertement.) Elle aspirait à autre chose. Elle avait l'âme militante. Elle luttait pour faire valoir les droits des plus démunis, elle avait aussi récemment endossé la cause antiraciste. Sigmund l'écoutait d'une oreille distraite. Ils s'étaient revus. Au bout de quelques semaines, ils s'étaient mis à sortir ensemble. Au bout de quelques mois, ils étaient inséparables. Sigmund était d'une beauté sauvage, devait-elle dire plus tard, d'autant plus électrisante qu'il semblait ne pas vouloir en prendre conscience. Ils partageaient un goût immodéré pour la peinture classique et passaient des heures au Louvre. Puis ils s'installaient en terrasse et regardaient les gens passer. On traversait Paris, de long en large. Le dimanche, au sortir du lit, on allait parier sur les chevaux à Vincennes. Angèle lui avoua un jour, allongée sur un lit, en train de caresser sa belle chevelure, que ce qu'elle préférait en lui, c'était ses airs de mauvais garçon, son aisance et puis bien sûr son charme italien, son flegme germanique, son humour, sa vivacité d'esprit et son charisme. Bref, Angèle s'était totalement éprise de ce fils de voyou. Et elle lui avait insufflé, petit à petit, le démon du militantisme (le virus de la justice et l'ouverture au monde). Elle l'avait dompté et raffiné. Elle en avait fait son œuvre d'art, son petit Caravage (là où il préférait les gueules cassées de Steen ou de Van Ostade). On les voyait assis à la sortie des bouches de métro ou devant les marchés aux légumes, distribuant de petits tracts floqués d'une main jaune. Sigmund s'enflammait. Il avait le verbe. Dans de grands concerts aux portes de la ville, au corps à corps, ils dansaient pour se battre contre le fascisme. Un petit groupe n'avait pas tardé à se constituer autour d'eux. La présence galvanisante de Sigmund y était pour beaucoup. Son charme était sans limites. Son art de la rhétorique et son énergie détonnaient dans ce petit milieu de militants et Sigmund s'investissait de plus en plus. Il était de toutes les réunions, prenait la parole, lançait des projets, organisait des meetings, défilait dans la rue. Angèle était là — ils s'étaient offert de beaux voyages en Sicile, près de Catane, dans une petite maison constamment survolée par des avions, et en Crète, chez une tante d'Angèle à moitié folle. Ils s'aimaient, ils croyaient en leur avenir, ils s'étaient même fait des promesses — mais ils étaient jeunes, insatiables, et Angèle n'avait pu s'empêcher de regarder ailleurs. Leur histoire avait pris fin par un beau matin de mai, dans un café du Quartier latin. Elle le quittait pour un autre, sans larmes, sans discussion. Sigmund n'avait pas cherché à la revoir (ou si peu). Le fait de l'avoir laissée partir avait brûlé un temps ses pensées (sentiment coupable d'échouer toujours, d'être en deçà des attentes, de sortir du droit chemin). Puis le temps avait fait son œuvre et recouvert d'oubli ce grand chagrin.

Le dimanche suivant l'apparition de ce fantôme, Oropa traversait la ville sur son vélo. La pluie avait cessé. Un rayon de soleil criblait son visage. Il venait de s'extirper d'un repas avec ses enfants. (L'aîné mal rasé, la fille en minijupe.) Ruth trônait au milieu de sa descendance comme une Assomption dans un musée de province. Elle retournait à la cuisine, une pile d'assiettes sales dans les mains. « C'était très bon, maman. » Oropa ressentit une sorte d'appel impérieux. Un besoin de s'élever, de regagner les sphères les plus hautes de sa conscience. Et il s'enfuit avant le dessert.

Aux alentours de quinze heures trente, dans les allées du palais des Beaux-Arts, il passa quelques minutes devant les chairs roses du *Roi boit* (chef-d'œuvre flamand du Siècle d'or). Une tripotée d'ivrognes chantaient et bavaient autour d'un souverain d'épiphanie, plein comme un vase, qui s'imbibait d'alcool par devoir ou par résignation, nez à nez avec le cul d'un enfant qui se laissait torcher par sa mère. Oropa s'extasia, fit un pas de côté, recula encore, plissa les yeux. Le tableau était décidemment très beau. Puis il continua en direction d'*Icare*, là, toujours là, dans sa noyade. (Petit pied en l'air qui se débat dans l'eau.) Sigmund ne se lassait pas de le revoir. Au centre, il y avait ce paysan, qui retournait la terre avec son bœuf et son araire, et le pasteur, accroché à son bâton, qui contemplait le ciel avec humilité. Icare avait dépassé la limite — il avait dépassé la limite imposée par la nature, sa chute était devenue nécessaire.

Oropa prit quelques notes, se gratta le menton, respira profondément. Et c'est alors qu'arriva ce qui jamais n'aurait dû arriver. Quelque chose que l'on espère et que l'on redoute. C'était là, en face. Oropa voyait flotter sa poitrine, ses cheveux en apesanteur, elle explosait au milieu de ce temple de beauté. Angèle était face à lui, en chair et en os.

Le juge, dans un premier temps, s'efforça de pivoter sur ses appuis. Il coula ses mains dans ses poches. Entre deux portes, il espérait la voir partir (il craignait qu'elle disparût). À la limite de l'asphyxie. Angèle discutait d'un air distrait avec un homme placé à sa droite (que Sigmund ne reconnut pas sur le moment). Elle regardait une toile (*La Fillette à l'oiseau mort*). Son visage, sa silhouette, c'est à peine si elle avait changé. Angèle comme au premier jour.

Il s'agissait maintenant de fuir, au plus vite. Ne surtout pas se laisser voir. Le juge longea le mur, passa à travers les sculptures, tourna encore une fois. (Passe-muraille.)

Il était sur le point de quitter la salle lorsqu'il entendit une voix résonner très fort dans ses oreilles.

— Sigmund ?

Il stoppa son mouvement. Remit le pied à terre. Dans ses oreilles, il entendait le pas d'Angèle qui avançait à vive allure. Impossible parade.

— Sigmund !... C'est toi ?

Il se retourna lentement. Absolument intacte. Elle était en face, presque devant lui. Elle le regardait par en dessous, comme on regarde un enfant qui a beaucoup grandi et qu'on reconnaît quand même.

— Mais... c'est incroyable... Quelle surprise... Qu'est-ce que tu fais ici ?

Ses yeux étaient mobiles. Ils fixaient un détail et puis un autre. Deux pointes agiles, exactement de la même couleur (du bleu, un peu de jaune, quelques grains de vert). Puis son visage changea de forme. Large sourire. (Les symptômes du souvenir, et du plaisir peut-être.)

— Tu ne peux pas savoir comme... Oh, mais c'est à peine croyable ! Je n'en reviens pas.

Oropa lui présenta une main débile. Angèle se serra tout contre lui, avec effusion et un peu de maladresse. Ses yeux se plissaient, elle le regardait encore, sous tous les angles, en penchant le visage sur le côté. Comme si elle cherchait à se défaire de quelque chose, se dit Sigmund. Comme si elle faisait l'effort de revenir au monde, ou de revenir à lui.

— Tu ne peux pas savoir à quel point je suis heureuse de te voir ! lui dit-elle.

Étrange sentiment qu'Angèle se soit mise à parler. Avec sa bouche et sa langue, qu'elle soit encore capable de le faire. Que tout cela ne se soit pas laissé absorber dans le temps. Que ce soit encore et toujours les mêmes sons, les mêmes petites notes délicates et piquantes. Et ce sourire. Elle ne cessait de répéter : « Tu ne peux pas savoir à quel point cela me fait plaisir ! »

Le juge la regardait, les yeux vides. Seconde après seconde, il cherchait à se ressaisir, à trouver une consistance. À éviter la chute. Tout lui semblait comme mis en scène. (Une comédie mille fois rejouée, mille fois applaudie.) Angèle parlait, une chaleur suffocante émanait de sa voix. Oropa se sentait mourir.

On échangea encore quelques paroles convenues (seules choses auxquelles on puisse s'agripper en cas de doute). Détailler son parcours, ses enfants, ses nouvelles aspirations. Oropa se fit violence pour énoncer une phrase sensée. Angèle souriait, bienveillante. La normalité de ses propos, la médiocrité de sa propre situation, toute cette eau tiède qui sortait de sa bouche navrait le juge. Il essayait de se donner un air serein, de diffuser de l'ironie. Mais tout cela était-il seulement audible ?

— Alors comme ça tu travailles pour l'Union ? lui dit-elle. Tu as l'air en pleine forme.

Sa voix roulait en même temps que son sautoir contre sa peau. (Sigmund redoutait exactement ce qu'il venait d'entendre, ce fin roulement des « r » contre ses lèvres et dans sa gorge qu'il avait si bien connu.)

— Et toi ?

— Moi ? Oh !... Écoute... moi... tu ne vas pas me croire... je viens de vivre un grand tournant... un saut dans l'inconnu... Et je dois t'avouer que cela me grise beaucoup.

Pour parler de sa vie, Angèle passait la main sur sa poitrine. Elle se grattait légèrement la peau. Ces dernières années, elle avait changé plusieurs fois de poste, travaillé en cabinet, pour de grands groupes, elle avait fait du conseil, voyagé un peu aussi.

— Mais mon travail a fini par me dégoûter, tu vois. Je ne m'y retrouvais plus. Alors j'ai décidé de tout plaquer... Et tu ne peux pas savoir comme cela me fait du bien.

Oropa baissa les yeux. Ses chaussures avaient pris la pluie. Le pédalier de son vélo avait imprimé une ou deux griffures sur le cuir fauve de son pied droit. Il ignorait les raisons pour lesquelles il se sentait pris au dépourvu à ce point. Mais à mesure que cette femme lui parlait de ses choix, de ses sacrifices, de sa nouvelle vie, Sigmund voyait gonfler en lui une bouée géante et noire, qui faisait le tour de son corps, depuis la racine de ses pieds, serrait son cou, ressortait par la bouche, gonflait ses lèvres et l'empêchait de serrer la mâchoire.

Angèle fréquentait les milieux littéraires, des artistes, des intellectuels ; elle rencontrait des gens formidables. Elle ne s'était jamais autant amusée. (De fait, elle paraissait terriblement épanouie.)

— Et qu'est-ce que tu fais, alors ?

— Je me suis mise au service de l'autre.

Sigmund resta sans voix. Cette phrase qui, d'un certain point de vue, l'irritait au dernier degré, provoqua un immense appel d'air à l'intérieur. Il se vit au fond d'un trou, puis dans un paysage désolé, jonché de voitures éventrées, il s'imaginait recouvert de détritus, la bouche ouverte, écumant de bave, autour de lui, une horde de morts-vivants lancés à sa poursuite cherchaient à lui arracher le cœur. Le juge aurait bien aimé se mettre au « service de l'autre », lui aussi.

— Tu comprends, j'en avais assez d'être du mauvais côté. Assez de perdre mon temps. Je suis en mission pour une organisation humanitaire. Je m'y sens parfaitement à ma place.

Puis Angèle, sans doute pour satisfaire aux lois de la politesse, entreprit de lui présenter l'être silencieux qui se tenait parmi eux (comme un pare-brise entre l'habitacle et les essuie-glaces), le genre de type avec lequel on prend l'ascenseur, des dizaines et des dizaines de fois, sans jamais s'en souvenir. Ses sourcils flottaient, il se fondait dans le décor, son imperméable avait la même couleur que son teint, qui avait la même teinte que les murs et les murs que le ciel, c'est-à-dire, gris. La vie de cet homme était d'un ordinaire qui confinait à la nullité. Pour un peu, on aurait pu la confondre avec celle du juge Oropa — ce juge qui à cet instant même rêvait de fumer des joints et d'écouter du death metal jusqu'à en perdre connaissance, qui imaginait son mariage motard, où des meutes hurlantes de bolides aux yeux fumants viendraient aboyer autour de vous dans la nuit d'été, en faisant éclater leurs pneus pour rendre hommage à vos amours, ce juge qui se disait qu'il n'avait jamais goûté la chair humaine ni les champignons hallucinogènes, qu'il n'avait jamais dansé le fox-trot, ni même pris un thé dans un établissement rempli de gâteaux à la crème et réservé aux vieilles dames. Il était fonctionnaire à l'Union et il allait bientôt tout plaquer pour se rendre utile et se mettre au service de l'autre.

— Sigmund, je te présente Michel Brandt... Michel, je te présente Sigmund. Tu sais, je t'en ai déjà parlé...

Et ce même Brandt de surenchérir :

— Il me semble que nous nous sommes déjà vus, oui... ici ou là.

Oropa sourit avec difficulté. Sa mâchoire tombait au sol, le sol s'effondrait dans les soubassements, les soubassements dans le dedans et le dedans remontait en haut. Des marteaux lui fracassaient la tête. Il concéda qu'on avait peut-être déjeuné une ou deux fois côte à côte dans un banquet. Mais comment savoir lequel ? Et Angèle se mit à rire.

Il fallait bien rire. Dans ce genre de situations, que faire d'autre sinon rire ? Oropa comprenait d'un coup qu'il connaissait ce Michel Brandt depuis vingt ans, du temps où il frayait dans les réseaux du président de la Commission. Ce type était devenu directeur général du service juridique, poste dont le juge Oropa rêvait alors et qu'il ne put obtenir qu'au départ de celui-ci dans le secteur privé. Ce n'était pas un mauvais homme, ce Michel Brandt, seulement il avait terriblement vieilli (au point de devenir méconnaissable) et la rumeur courait qu'il avait rejoint un cabinet d'avocats d'affaires spécialisé dans le lobbying, qui l'avait recruté pour démarcher ses anciens collègues à propos d'un dossier qu'il connaissait sur le bout des doigts : le tabac. Cette astucieuse reconversion lui avait permis de prendre la tête d'un comité d'éthique, où il travaillait sur les questions de conflits d'intérêts — ce qui ne manquait pas de sel, mais tourmentait les esprits chagrins. Et c'était avec lui que couchait maintenant Angèle ; lui le milieu littéraire ; lui l'intellectuel et le service de l'autre. Quelle blague !

— Et si on allait boire un verre ? proposa Angèle. Tous ensemble ?

L'occasion était trop belle. (Trinquer aux retrouvailles, se raconter les vieilles histoires.) Mais bien sûr, naturellement, Oropa aurait accepté avec joie, sauf qu'il n'était pas libre. Un autre engagement, à l'autre bout de la ville, avec un vieil ami. Il était même en retard. Il fallait l'excuser. Une prochaine fois peut-être.

Brandt avait mis la main sur l'avant-bras d'Angèle. Il lui glissa un mot à l'oreille. (Il se comportait avec elle de façon inappropriée.) Dans une autre vie, Sigmund aurait dû faire quelque chose. Son grand-père (le Germain, le nazi) l'avait initié aux rudiments du billard. Ce vieil iguane avait une façon très particulière de tenir sa canne. Un mélange de fermeté, voire de rudesse, comme lorsque vous cassiez le cou d'un lapin — et puis un grand relâchement au moment du tir. Ça donnait des coups extravagants. Oropa n'aurait qu'à retrouver cette aisance dans la dureté. Un coup entre les deux yeux et l'affaire serait réglée.

Mais le petit groupe se dirigea vers la sortie. Le juge resta d'une froideur irréprochable. Les deux autres riaient, ils cherchaient même à faire rire. Angèle continuait à parler « des hasards de la vie, du temps qui passe... » (Prendre congé au plus vite, il s'agissait de partir tout de suite.)

— Mais tu sais, j'organise des repas avec des amis, une à deux fois par mois, lui dit Angèle au moment de le saluer. Chaque fois, c'est un chef différent qui compose le menu. Ce sont des moments de réjouissance toujours très sympathiques... Je vais t'inviter la prochaine fois. Ça me ferait très plaisir que tu puisses venir.

SIGONELLA

•

Vers minuit trente, le juge accomplissait encore les gestes de cette comédie que l'on appelle « chercher le sommeil ». Il tournait dans son lit, buvait un verre de lait, tentait de lire quelques lignes. Puis il ressortit de sa chambre pour ouvrir une fenêtre. Il faisait froid. Dehors, il n'y avait rien à voir. Il referma et s'assit à son bureau.

Oropa sentait qu'il lui manquait un élément pour remettre en perspective ce qui avait bien pu se passer dans cette existence qu'il appelait la sienne. (Angèle, la clé de voûte de son existence, prise dans le lierre de sa forêt intime.)

Le matin du jour d'après, Oropa touillait son café — le lendemain, le surlendemain et le jour suivant encore. (La chose relevait de l'alchimie.) Autour de lui, il redécouvrait l'accablant ordonnancement de ses goûts familiers, ses petites passions, ses désirs insignifiants, la mise en scène de ses fantasmes quotidiens. Les tables et les fauteuils avaient été achetés dans ces magasins pour classe moyenne qui peuplent les grandes banlieues. Ruth avait badigeonné les cloisons de ce jaune pisseux que se choisissent les dépressifs, pensant égayer leur cadre de vie. Le parquet était flottant, il faisait un bruit de cercueil. Les rideaux étaient rouges. Tout dans ce petit théâtre respirait la bourgeoisie en ce qu'elle avait de plus tiède. Et c'est là, sur ces murs — où l'on trouvait pêle-mêle les reproductions sans âme de gratte-ciel lointains et les paysages immortalisés par madame lors de leurs vacances idylliques — qu'il revit ses trois tableaux. Les trois tableaux qu'il tenait de sa famille et qu'il avait toujours gardés auprès de lui.

L'un était de sa tante, qui peignait plutôt mal. (Il représentait une barque amarrée à un ponton, sur laquelle étaient installés une jeune femme armée de son ombrelle et un galant qui s'apprêtait à ramer pour quitter le bord.) L'autre était signé d'un petit maître transalpin et représentait une rue de Naples, un marché plein de monde, de rose et de violet. Le dernier était un portrait de femme, vêtue de noir, au visage blanc (sans doute l'image d'une ancêtre). Elle avait des yeux délicats. Un air tendre. Et de la passion qui couvait partout sous la peau.

— C'est elle, se dit-il soudain. C'est elle, trait pour trait. Ses cheveux, son regard, son petit sourire et cette passion folle. C'est son double ou sa copie. Je l'ai gardée toutes ces années sous les yeux. Sans même m'en apercevoir.

Et il repoussa sa tasse, décrocha le tableau pour le retourner contre le mur.

Les jours suivants, Sigmund sortit dans la rue. Il invita sa femme au restaurant, chercha à se divertir. Ruth lui proposa d'aller passer deux jours à Ostende (il y avait quelque chose de juvénile dans son allure, quelque chose de paisible dans sa voix). Sigmund fit mine de réfléchir, puis il refusa. À table, mélancolique, il goûtait des plats anciens — cette salade aux oranges et au fenouil qu'on avait mangée, comme dans un rêve, au bord de la plage, ces pâtes aux sardines et aux raisins secs, dans une ruelle étroite, tout près du port. Lorsque sa fille proposa de lui jouer un morceau de piano, il se promit de retrouver la trace de ce film qu'ils avaient admiré ensemble, dans un petit cinéma de la place Saint-Michel à Paris. Quoi qu'il fasse, cette tête lui revenait à la mémoire, comme un carillon sonne l'heure (comme la Méduse vous pétrifie, comme l'Archange du jour dernier). Il sentait qu'elle s'agitait dans le recoin le plus sensible de sa personne. Il entendait le froissement de ses robes. Ses mains raclaient la table, ses cheveux dessinaient des rosaces sous ses lunettes. Il respirait de pleines bouffées de sa jeunesse. Pas une rue sans croiser ses jambes. (Le tableau sous ses yeux.) Pas une nuit sans penser à la façon traînante qu'elle avait de dire les « r » lorsqu'elle lui offrait un poème d'amour au soleil levant. (« Je suis belle, ô mortels ! comme un rêve de pierre. ») Sigmund se souvenait de ces matins de printemps, les premiers moments de leur histoire, quand il l'attendait sur son passage, le cœur serré. Il se souvenait de leurs conversations, des regards qu'elle posait sur lui. (La première fois qu'il était parvenu à lui toucher la main.) Angèle avançait, son cartable sous le bras, comme une caravane dans le désert (et il aurait pu jurer qu'elle marchait encore là-bas, dans ce désert, devant lui) ; des langues de flammes brûlaient au-dessus d'elle, comme le Saint-Esprit sur les apôtres.

Oropa était ainsi, sensible à mille détails, ouvert à tous ses souvenirs. Une série de micro-infléchissements — une lente réorganisation de tout son être — le faisait penser mieux et vite. Il se redécouvrait dans sa vérité, il retrouvait ses habitudes anciennes et pensait comme il pensait ne plus pouvoir le faire. Un soir, en rentrant chez lui, le juge se sentit donc fin prêt. Il longea le mur de l'entrée, couvert de photos de famille, monta les trois marches qui menaient jusqu'à son bureau. Oropa allait affronter les montagnes et défaire l'ennemi. Il vit le monstre dans le désert, le long de la mer, dans un coin occulté. Quelques baraques barbelées s'étalaient sur une terre sèche. C'était le moment de reprendre du service. Il y avait des tours, des herses et des dortoirs. Des avions patrouillaient, des militaires s'attardaient. Il imaginait une sorte de peur pétrifiée, ou de peur dans la pétrification. Il vit les visages couverts de sueur. L'attente, la souffrance, la tristesse. Mais en dessous — ou juste au-dessous —, toutes les histoires, ces montages, ces hommes et ces femmes qui se disputaient une commission, c'était la nouvelle épine, à la fois lointaine et beaucoup plus proche de lui.

Et c'est ainsi qu'en quelques jours l'idée d'enquêter sur cette économie des migrations prit véritablement corps dans son esprit. Comme s'il en allait de son salut. Comme s'il lui suffisait de se pencher sur l'histoire de ces camps pour répondre à des questions qui n'avaient pas trouvé de solution ailleurs. Au fil de ses recherches, il était tombé sur le nom de Sigonella. (Comme une princesse, comme une reine de la plus haute extraction, comme une femme dont on tomberait amoureux.) Il s'agissait d'une base militaire, en Sicile, à quelques kilomètres de Catane. Il y vit un signe. C'était de là que partaient les avions qu'ils entendaient voler au milieu de la nuit, autrefois, avec Angèle. Depuis, cette base était devenue l'un des plus grands camps de déplacés de tout le continent. Ce fut sa porte d'entrée. À vrai dire, étudier ce camp, qui synthétisait à lui seul cinquante années de luttes géopolitiques (transatlantiques, transméditerranéennes) et régionales, lui fit l'effet de feuilleter un album de sa propre histoire. Partout, il voyait ressurgir l'ombre de son père, celle de son officine maçonnique, la patte de son oncle et les griffes de ses sœurs. Mais aussi les nuits de bonheur avec sa douce Angèle. Il ne lui fallut pas plus d'une poignée de jours pour mettre bout à bout l'éclatante série de faits qui lui permit de lire, dans toute son horreur, la situation des déplacés.

Et voici ce qu'il découvrit. En 1957, quelques mois après la signature du traité de Rome, dans une chaleur solidifiée par le soleil, au beau milieu d'une plaine, entre deux oliviers et des carcasses de voitures, sortirent de terre une piste de décollage, une base aérienne, un camp et des dortoirs. Sigonella, à un jet de pierre de l'Etna. La péninsule avait offert ce bout de terre au nom de fée pour la croisade d'évangélisation libérale du peuple panaméricain. Affluèrent soldats, factions de l'OTAN et toutes les bonnes volontés qui alimentaient la lutte anticommuniste. Très vite, la Sicile se trouva structurée par une armée d'ombres qui travaillaient main dans la main avec la mafia (à moins que cela ne soit le contraire).

Dix ans plus tard, Kadhafi (nationaliste, anti-impérialiste, anti-occidental, anticolonialiste et revanchard) faisait son entrée en scène, contrevenant aux règles élémentaires de l'alliance occidentale, prêt à tout pour nourrir sa croissance et faire prospérer son industrie. Les Transalpins signèrent contrat sur contrat avec la Libye.

Il suffisait de fournir des bateaux, des chars d'assaut et des mitrailleuses pour obtenir en échange le pétrole à bas coût dont la péninsule avait tant besoin pour croître, bien sûr, mais aussi pour profiter des gracieux à-côtés que ce genre de transactions ne manquaient pas d'occasionner. Tous ceux qui s'intéressaient de près au commerce du pétrole et des armes purent donc s'acheter villas, voitures de luxe, montres de collection et bijoux de marque. Et là encore (comme avec les Américains), tout passa par la mafia, ses excroissances politico-financières, l'officine de Salvatore Oropa et ses comparses. Les millions de l'or noir, les pots-de-vin transitaient par la banque du père qui empochait, distribuait et gagnait du terrain pied à pied, jusqu'à ce que plus malin que lui parvînt à ravir sa place. C'est alors que les déplacés firent leur entrée sur le marché.

Après la chute de l'empire rouge, la menace communiste n'était plus d'actualité. Pas question pour autant d'abandonner le jeu de dupes entre les Transalpins et les Libyens. Kadhafi, depuis ses côtes, eut l'idée de laisser filer des embarcations sauvages remplies d'hommes et de femmes à la peau noire rêvant d'ailleurs. Le guide de la révolution prétendait les retenir, mais n'en faisait rien. Il se préparait à abattre sa meilleure carte. Un coup de maître. (Un kidnapping à l'envers.) En quelques mois, la péninsule fut débordée, l'extrême droite se complaisait dans le fantasme de l'envahissement généralisé du territoire, la pression montait. Kadhafi réclama cinq milliards par an, faute de quoi « demain, peut-être que le continent ne sera plus tout à fait comme il est... Ils sont des millions à vouloir traverser la mer. » Ce qui d'après lui était une chose « très dangereuse », car « nous ne savons pas ce qui se passera, quelle sera la réaction des blancs et chrétiens face à ce flux d'Africains affamés et non instruits ». Le chantage opéra. La sœur de Sigmund négocia elle-même les termes de ce nouvel accord. Et c'est à cette occasion que la R4G prit la place laissée vacante par les Américains. L'armée privée forma la police libyenne des frontières, construisit des camps d'accueil dans le désert et accomplit le sale boulot. Le camp de Sigonella, moyennant quelques aménagements mineurs, fut reconverti en camp d'accueil d'urgence et devint le vaisseau amiral de la lutte contre l'immigration dans cette partie de la Méditerranée.

Accolés aux pistes, les immenses dortoirs construits pour accueillir soldats et mercenaires américains en cas de guerre abritaient Somaliens, Érythréens, Tchadiens, Soudanais, Mauritaniens et avec eux tous ces hommes et toutes ces femmes qui traversaient les mers. Or, si le camp de Sigonella était en peu de temps devenu le plus grand du continent, Oropa comprit aussi qu'il était le terrain de jeu favori de toutes les mafias réunies. L'organisation était là lorsqu'il fallait toucher et répartir l'argent du pétrole libyen, elle était encore là quand il s'agissait de gérer et de détourner les crédits affectés par l'Union à la crise des déplacés libyens. Finis les pots-de-vin, on ouvrait grand les portes aux subventions communautaires. La mafia gérait les camps où l'on recueillait les naufragés (celui de Sigonella bien sûr, mais pas seulement), dans la mesure où elle possédait les entreprises qui passaient contrat avec l'Italie ou l'Union pour fabriquer et entretenir ces camps.

En toute logique, ces refuges étaient dans un état de saleté inimaginable, les repas infects, l'argent de poche affecté par l'Union et destiné aux menus besoins (un billet par jour et par tête) était détourné. Il va sans dire que tous ces gens, à courte ou moyenne échelle, alimentaient les marchés traditionnels de la mafia. (Revente sauvage de cigarettes, prostitution, trafic de drogue, pédophilie et autres basses besognes lucratives.) Ainsi, lorsque les bombardiers de la coalition internationale décollèrent des anciennes pistes de Sigonella, aménagées par l'armée américaine durant la guerre froide, il s'agissait de faire tomber Kadhafi, de soutenir les vertueuses révolutions et d'assécher le robinet des déplacés, mais en aucun cas d'assainir la gestion de ce camp de déplacés (et de tous les autres).

Ce minutieux travail d'investigation, accompli jour après jour, souleva dans l'esprit du juge une irrépressible vague d'indignation. Et le fait que personne n'ait encore dénoncé ces horreurs le choquait par-dessus tout. Il s'insurgea, il se révolta, il accusa. Comment comprendre que l'Union continuât à passer contrat avec ces saloperies de tous bords, sinon à considérer que l'Union elle-même était une saloperie ? Le juge n'en dormait plus. Il prit des notes, accumula les preuves, remplit des dossiers. Si personne n'avait le courage de prendre la parole, il lui reviendrait, à lui, de dénoncer tout cela, à commencer par la frauduleuse négociation du camp de Borderum. Peu importe qu'il dût attaquer de front la commission des affaires extérieures. Il le ferait le cœur léger, pour se mettre « au service de l'autre ».

SFORZA

•

Dans le bureau de Domenico Sforza, jeudi 13 avril, onze heures quinze :

— Mais parle, nom d'un chien ! Parle !

Le mouvement perpétuel faisait claquer un jeu de boules en acier au milieu du bureau en acajou du chef. Trois fenêtres dominaient le Parlement et le siège des différentes commissions. Le corps de Domenico Sforza crissait sur son fauteuil de cuir neuf. Debout sur ses deux jambes, Oropa avait les yeux mi-clos.

— Mais qui c'est, ce Sabiani ? Réponds Sigmund, au nom du ciel !

Les bureaux du chef et de son second se situaient de part et d'autre d'une fine cloison de plâtre. En règle générale, on badinait dans les couloirs, on se tapait sur l'épaule et chacun repartait de son côté. Sigmund ne voulait surtout pas voir ce qu'il y avait dans le bureau de son supérieur.

Or ce matin-là, à cette minute, un petit quelque chose résistait dans sa conscience : une pierre, un os. Une petite partie de lui-même qui avait refait surface, un impératif avec lequel il n'était plus en mesure d'entrer en négociation. Il n'avait encore jamais été au bout de ses engagements, mais il n'était pas trop tard pour se corriger. Il allait curer les tuyaux, tuer les parasites, ramoner la cheminée. Pour sauver ce en quoi il avait toujours cru — ses valeurs, ses idéaux, la démocratie. Et Sigmund s'était fait violence pour dire au chef ce qu'il avait à lui dire.

Le fait que Sforza ne comprît pas ou feignît de ne pas comprendre de qui il voulait parler semblait prouver qu'il ne se trompait pas de cible.

— Je te l'ai déjà dit, Domenico... Mais il faut croire que tu ne veux pas m'entendre. Sabiani est un militaire à la retraite... Il travaille à la commission des affaires extérieures depuis dix ou quinze ans. Il supervise l'appel d'offres pour la construction du camp de Borderum, en République ottomane...

Les billes du mouvement perpétuel continuaient de se choquer les unes contre les autres. Sforza portait une veste trop petite, un peu luisante, aux tons incertains — costume à fines rayures de supérieur. On aurait dit une résine synthétique, moulée sur son propre corps, quelque chose comme une combinaison de plongeur.

— Désolé Sigmund, ça ne me dit rien...

Quoi qu'il fasse, se disait Oropa, ce type restera un indécrottable plouc. Mais c'est lui le suprême boss, le *head manager*, lui le bien-aimé, lui le dieu de l'Office.

— Très bien... Peu importe... Donc d'après toi, ce Sabiani aurait touché de l'argent pour favoriser le dossier de l'Arcadia dans l'appel à projets de Borderum ? C'est ça que tu dis ?

Oropa avait passé et repassé les enregistrements — il les avait écoutés et réécoutés, en avant, en arrière, comme si son existence en dépendait. Il avait passé des nuits à les analyser, à décrypter, à soupeser et déconstruire, jusqu'à l'épuisement. Au fil de son enquête, chaque parole avait retrouvé sa place, chaque tête repris forme, la toile d'araignée des relations possibles envahi son espace mental. Il voyait, il comprenait. Et cela ne faisait plus l'ombre d'un doute. C'était Sabiani. Sabiani qui salissait l'image de la Commission. Sabiani l'être corrompu, le rat qu'il fallait anéantir.

Le juge connaissait ce genre de profils. Il les avait suffisamment vus à l'œuvre. Ces gens qui ne ressemblaient à rien (crâne dégarni, lunettes à monture d'écaille, costumes anglais), ils n'avaient pas leur pareil pour détruire ce que l'homme avait su faire de meilleur. Mais Oropa allait nettoyer tout ça d'un revers de main.

— Oui... C'est bien ce que je veux dire, Domenico...

Sauf qu'Oropa, dans son esprit, était allé un peu plus loin encore. Il avait compris que si cet homme était coupable, et cet homme l'était, il ne pouvait pas avoir agi seul. (On n'agit jamais seul.) Il avait des intermédiaires, des appuis, des gens pour le protéger. Et Sforza pouvait être l'un d'eux. Naturellement.

Oropa pressa sur la petite touche de son système informatique. Il laissa tourner les enregistrements dans les oreilles de son supérieur. Petite musique, chants traditionnels : la mélasse de la corruption internationale. Il suffisait d'attendre, d'observer Sforza — et de prendre plaisir à le voir se décomposer.

Rank, président de l'Arcadia (ex-R4G) à son assemblée. — Ces personnes de l'Union ont notre destin entre leurs mains. Elles sont en mesure de nous faire gagner ou de tout mettre à terre.

Une autre voix. — De combien s'agit-il ?

Rank. — Je ne sais pas. Mais notre référent à l'Union a chiffré le projet… et il sait très bien à quoi s'attendre.

Encore une autre voix. — Dans ce genre de situations, on parle de deux pour cent.

Un accent québécois. — Mais c'est colossal !

Une autre voix. — N'exagérons rien…

Rank. — Il suffit d'ajouter une ligne au budget. Et l'affaire est réglée.

Sforza paraissait pâle. Le juge décela même une ombre de frayeur sur le visage du chef. Un voile, un tremblement, voire une agitation.

Il est vrai qu'il y avait de quoi se sentir mal, spécialement lorsqu'on a la conscience lourde comme Sforza, se dit le juge. Pauvre homme, pauvre Sforza, à deux doigts de se faire couper la tête.

— Mais dis-moi, Sigmund (un ton nouveau, concerné, mais pas préoccupé), simple question. Qu'est-ce qui te laisse penser que c'est de Sabiani qu'il est question dans ces enregistrements ?

Visiblement, le chef se sentait acculé. Il cherchait juste à gagner du temps.

— Sabiani a géré un appel d'offres pour la construction d'un *compound* diplomatique en Somalie, il y a quelques années. Bureaux, logements, cantines, murs d'enceinte, fils barbelés, miradors, factions militaires… Il n'en est pas à son coup d'essai. À Sigonella, c'est lui qui a tout chapeauté. Et il semble très proche de la R4G.

— Et ?

— On a dû construire une belle piscine dans le jardin de Sabiani en guise de remerciements.

— Je t'en prie, Sigmund...

— J'ai eu l'occasion de voir quelques images de ces camps. Si ce n'était le climat, j'aurais adoré y passer des vacances. Manquait juste une piscine. Précisément. Se baigner dans le désert... c'est un rêve. Prendre l'eau, couler, manger du sable, se faire brûler et torturer... Tout ce que j'aime.

— Tu ne me fais pas rire.

— Ce n'est pas mon intention. Je n'ai jamais été aussi sérieux... Tu sais ça comme moi... On construit des camps dans le désert... pour retenir les populations de déplacés... empêcher qu'elles arrivent chez nous. Des gens qui crèvent la dalle, qui fuient la guerre et meurent dans ces camps-là. Mais Sabiani, lui, je ne sais pas si ça te pose un problème... Sabiani fait partie de ceux qui se sucrent au passage. Et ça, ce n'est pas une plaisanterie.

— Je ne sais pas...

— Rank est proche de Sabiani. Ils sont comme cul et chemise, Domenico. Chaque été, ils louent un yacht aux Bermudes, ils passent leurs vacances ensemble. Sans doute baisent-ils les mêmes putes.

— Sigmund.

— Oui ?

— Est-ce que tu te sens bien ici ?

Oropa ne cligna pas même des yeux.

— Tu te sens bien ? Sigmund... Tu te sens bien ici, n'est-ce pas ?

Oropa n'avait rien à répondre. Il aurait pu parler encore très longtemps des camps, des rapports d'influence et de la conspiration. Mais il fallut marquer une pause.

— Tu as tout ce qu'il te faut ? Ton travail te plaît ? L'ambiance est plutôt agréable, non ? Tu apprécies tes collègues, n'est-ce pas ?

— Oui...

— Peut-être qu'un petit changement de mobilier... Je ne sais pas, rajouter une chaise par exemple ? Un meilleur fauteuil ? Ou même un cadre, avec une jolie photo. Cela te ferait plaisir, peut-être ?

— Non.

— Parce que nous... Je te l'ai sans doute déjà dit... nous sommes très honorés qu'un juge... aussi prestigieux que toi... puisse faire partie de l'équipe. Vraiment. Très honorés.

Sforza fourrageait ses sourcils. Il se passait les mains sur le visage. Il avait l'air presque tendre.

— Mais je vais te dire une chose, Sigmund. Et ce n'est pas seulement parce que nous sommes amis. Ce n'est pas non plus parce que je pense que cette affaire est épineuse. Je suis heureux de te voir t'investir à ce point. Et je n'en attendais pas moins de toi. Mais nous avons un devoir d'exemplarité. On doit voir dans le détail comment l'argent que nous destinons aux déplacés est utilisé... Qui le touche, ce qu'on en fait, s'il va là où il doit aller...

Oropa se sentait pris de court. Cette saleté de Sforza était en train de l'embobiner.

— Mais... et je vais te parler sans complaisance, d'ami à ami... ta démonstration de la culpabilité de Sabiani est tout simplement vaseuse... Je ne dis pas ça pour que tu t'arrêtes. Que les choses soient claires. Je ne dis pas ça pour que tu t'arrêtes ! Tu m'entends ? Mais il nous en faut plus pour passer à l'offensive.

Sforza fit mine de regarder son agenda. Il tourna les feuilles en se léchant le doigt. Il soufflait le chaud et le froid. Alternativement, comme une girouette, comme un mouvement perpétuel.

— Est-ce que... par exemple... Je ne sais pas moi... Est-ce que tu as quelque chose de prévu la semaine du 1er ?

— Pourquoi ?

— Des rendez-vous ? Des déplacements ? Des vacances ? Non ?... Rien ?

Oropa voyait bien que son supérieur cherchait à l'embrouiller. Mais Sigmund gardait les cartes en main — tout pour faire exploser le chef en vol. Il hocha la tête et se mit à ricaner. Il ricana longtemps.

— Mais où voudrais-tu que j'aille, Domenico ? Je suis très bien ici.

Oropa ricana encore un peu.

— Sigmund, je pense sincèrement qu'il serait temps que tu ailles là-bas. Entre tes mains, tu as tout pour faire quelque chose de bon. Ne t'en prive pas.

Pauvre type, se dit Sigmund. Le Vietnam, la Somalie, les Balkans, la Palestine, les guerres du Moyen-Orient... Il avait été de toutes les causes. Jamais il n'avait eu besoin d'aller sur le terrain. (Jamais il n'avait eu besoin de voir pour comprendre.) Un fils de charcutier est mal placé pour venir lui faire des leçons de morale.

Jamais le juge ne s'était senti si humilié. La rage lui fouettait les sangs.

— Cette affaire est explosive, nous le savons l'un

comme l'autre. Je te demande juste de te mettre sérieusement à la tâche. Pas d'élucubrer...

Plus on cherche à me mettre en garde, se disait-il, plus j'avance. Et cette affaire, c'était son décollage. Son véritable et authentique saut périlleux.

— Tu vas voir, je vais tout te faire péter à la figure, Domenico. Et tu viendras me manger dans la main.

Sforza éclata de rire.

— Tu n'es vraiment qu'un bon à rien. Mais je t'aime bien quand même, lui dit-il. À propos... j'allais oublier... Ça ferait plaisir à Gina si vous veniez dîner à la maison mercredi prochain, Ruth et toi. Il y aura quelques amis. On a prévu quelque chose de très simple. Et de la bonne viande.

— Va te faire foutre, Domenico.

Et il sortit en claquant la porte.

MORTENSEN

•

Quand le juge sortit de son bureau, il devait être midi ou midi cinq. La pluie avait cessé. Il faisait presque doux. Dehors, dans ce vent qui n'était pas violent, dans cette urgence qui n'était pas vive, des policiers en faction paradaient à chaque croisement. Oropa traversa le quartier de l'Union d'un pas lent. Il était serein.

Depuis l'avenue de la Joyeuse-Entrée jusqu'au Mont des Arts, de la rue Belliard à la rue de la Loi, il y avait le Berlaymont, le Charlemagne, le Jacques-Delors, le Juste-Lipse, le Parlement, le Breydel, le siège de *L'Écho*, le Triangle, la tour Madou, le Residence Palace, le Lex, le bâtiment Paul-Henri-Spaak, l'Altiero-Spinelli, le Willy-Brandt et le József-Antall.

Pas un seul bâtiment ancien, se dit Oropa. C'est-à-dire pas plus ancien que moi, pas plus ancien que le traité instituant la Communauté, pas plus ancien que la dernière guerre... Mais c'est une architecture déjà vieillie — vieille avant d'avoir été jeune —, un gadget aussitôt dépassé, un jouet dont notre enfant ne voudrait plus... Une pure idéologie que l'on ne cesse de réaménager et qu'un bulldozer finira par raser pour qu'une grue la reconstruise. Pas étonnant que le projet prenne l'eau.

Il traversa l'avenue Robert-Schuman et monta les quelques marches qui le séparaient de la commission des affaires extérieures. Au troisième étage, bureau B12, Oropa faisait face à Lisbeth Mortensen. (Ils se connaissaient de longue date.) Lisbeth serrait la mâchoire. Oropa contemplait le paysage en souriant.

Le bureau de la commissaire était baigné de lumière, décoré avec goût (dans la limite où il était loisible de le faire en ce bâtiment impersonnel de la Commission). Lisbeth, comme une odalisque, étalait sa longue jupe parée de mille fleurs autour d'elle, sur une banquette en forme d'ours polaire. Sauf que son visage était laid, irrémédiablement laid. Il fallait se forcer à fixer ses cheveux, son cou ou son épaisse couche de mascara pour ne pas tourner de l'œil. Il en avait toujours été ainsi et les années n'avaient rien changé, à ceci près que le problème s'était approfondi. Sous le sarcophage grimaçant de son fard, doré à la feuille, rehaussé de motifs excentriques, le juge devinait, comme à travers les bandelettes de gaze d'une momie décomposée, une vie ravagée par l'angoisse, la tristesse et la peur. La conviction que rien d'heureux ne lui arriverait jamais. Impossible d'imaginer quoi que ce soit, homme, femme ou animal, qui ait pu prendre pied dans cette existence. Lisbeth avait vécu seule et vivrait toujours seule, avec l'exercice du pouvoir pour unique plaisir. Oropa pensa qu'il serait facile de la dominer, tant son désir de faire quelque chose pour l'Union, à cette minute, était sincère.

Il ouvrit le bal en évoquant la mémoire d'Altiero Spinelli — le lieu de l'origine, le point commun, là où ils s'étaient connus. Militant communiste, emprisonné par Mussolini, Spinelli avait été élu au Parlement de l'Union et avait mis en train un grand projet de traité qui avait galvanisé toute une génération de fonctionnaires. Sigmund et Lisbeth en avaient fait partie. Ils avaient rêvé et pensé aux côtés du grand homme. Comme lui, ils n'avaient à l'époque pas d'autres projets que de construire une fédération pacifiée pour suppléer la ruine politique, économique et philosophique de l'État-nation. Et le jeune Sigmund avait admiré l'acharnement désintéressé et la passion sincère de cet architecte politique. Son parcours, sa faconde, sa stature de bon père avaient convaincu le jeune homme de la grandeur de ce qu'il entreprenait aux côtés de ce sage. Et à cet instant, en face de Lisbeth, Oropa sentait à nouveau quelque chose de cette ardeur primitive et sincère couler dans ses veines. (Dans les moments de crise, où vous voyez chavirer tout ce pour quoi vous vous êtes battu, dans ces moments critiques où l'assise de votre vie semble basculer, vos anciennes croyances, vos élans, vos désirs et vos rêves vous apparaissent avec une souveraine acuité, sous la lumière brûlante qui précède la mort.)

— Altiero était un homme comme on en fait peu, affirma Sigmund. Pas un jour sans que je pense à lui... J'aime l'Union, tu le sais, Lisbeth, j'aime l'Union plus que tout au monde.

La commissaire hocha la tête d'un air méditatif. Que pouvait-il bien rester en elle de l'idéal qui les avait animés ? Éprouvait-elle seulement la nostalgie élémentaire que l'on ressent face à des photographies de jeunesse ? Parfois, se disait le juge, les choses que l'on chérit en soi depuis des années, comme une fête, comme un trésor, ne subsistent plus qu'à l'état de pourriture. Oropa trouva bien regrettable que l'exercice du pouvoir finisse par faire du plus grand idéaliste un effroyable bureaucrate.

— Madame Mortensen, vous avez rendez-vous à quinze heures trente avec monsieur Hernandez.

Du bureau collé à celui de Lisbeth, comme une excroissance parasitaire, sombre et suffocante, venait de sortir une employée qui répondait au prénom de Betsy. Lorsqu'il la vit sortir de son antre d'obscurité et prendre la lumière du bureau officiel, Oropa eut l'impression, pour une raison à peu près inexplicable, de faire face à l'authentique patronne. À mi-distance entre la montagne et le buffle, Betsy devait tout voir, tout savoir et tout comprendre en un éclair — pour suppléer à l'aveuglement de sa maîtresse.

— Hernandez ?... Hernandez ?... Je ne vois pas de quoi vous voulez parler. Soyez plus claire, Betsy, je vous en prie !

— La directive 334, le plan de financement et l'appel d'offres K-17.

Betsy s'exprimait sur ce ton pondéré, mais insistant qu'ont les formateurs pour s'adresser aux enfants récalcitrants.

— J'y suis ! Ça y est. Très bien. Préparez-moi le dossier.

— Bien, madame.

Mais l'assistante tendit aussitôt le dossier qu'elle tenait déjà entre les mains.

— Très bien... À propos, Betsy... Savez-vous où j'ai pu mettre mon calepin ?

— Derrière vous, second tiroir.

Lisbeth hélait ainsi son assistante à tout propos (un café, un discours, un coup de fil, un rendez-vous). Betsy répondait à chaque demande avec la même diligence, faisant tout pour que l'action de sa supérieure ait la force et l'élégance d'un authentique travail de commissaire. (Lisbeth ne savait pas faire fonctionner un appareil électronique, à peine un téléphone.) Oropa observait la commissaire avec envie — son pouvoir, son cadre de travail et son assistante. Mais au fond de lui, il pensait surtout pouvoir bâtir un nouvel empire et sauver l'Union. Il n'aurait changé de place pour rien au monde.

— Dis-moi une chose, Lisbeth, qu'est-ce que c'est que cette affaire de camp de déplacés chez les Ottomans ?

La commissaire aux affaires extérieures faisait mine de ne pas comprendre, mais le coin de sa bouche plissait légèrement.

— C'est la dernière lubie du moment, c'est ça ? Stocker les gens à Borderum, juste en face des touristes... (Il fallait marquer un grand coup d'emblée.)

— Les camps extérieurs présentent des avantages logistiques et infrastructurels significatifs, répondit-elle. C'est la politique préconisée de longue date par les États membres. Et nous ne faisons que nous conformer à ces directives...

— Certes. Sans doute. En procédant de la sorte, nous laissons faire les Ottomans. C'est une approche pragmatique, je le concède bien volontiers. Ils ont une grande expertise en matière de massacre.

— Ce que tu peux être idiot !

Elle éclata de rire.

— Le problème, vois-tu, c'est que les sociétés militaires privées que l'on mandate pour faire le travail sont totalement véreuses. Et tu sais ça comme moi. R4G. On graisse la patte par-ci, on donne une liasse par-là. Si besoin on détourne de l'argent pour ses propres frais de fonctionnement. On les connaît. On les connaît, ces gens-là.

— Sigmund, je ne doute pas que tu sois très familier de ce genre de pratiques...

Premier avertissement. Sous couvert d'humour, Lisbeth dégoupillait une grenade. Et au fond de son regard durcissait un nerf où la haine le disputait au dégoût. Entre ses dents, elle siffla un « tu exagères » qu'Oropa traduisit aussitôt en « tu n'es qu'une pauvre merde ».

L'ignorance, le flegme, l'étourderie et le flottement dont sa vieille amie aimait à se draper s'apparentaient au fond à une stratégie d'attaque ou de défense. Ayant fait le tour des bureaux et des institutions comme une balle de ping-pong, Lisbeth, en près de vingt ans, avait monté un à un les échelons de l'organisation — et elle était finalement apparue comme la plus naturelle des commissaires aux affaires extérieures. Son talent résidait précisément dans le fait qu'on l'en imaginait totalement dépourvue. Elle faisait mine de ne pas comprendre où Oropa voulait en venir. Mais elle savait exactement comment le tuer. Il en fallait plus pour décourager Oropa.

— Je suspecte Sabiani, votre conseiller spécial, de s'être compromis dans cette affaire, lui dit-il sur un ton sucré. (Lisbeth haussa les sourcils.) Je te dis ça en ami. De toi à moi... Cette affaire risque de t'éclater dans les mains. Lisbeth, j'ai rencontré Dimitra Özdul. Son nom te dit peut-être quelque chose. Elle est très proche du dossier d'appel d'offres du camp de Borderum. Elle m'a remis un enregistrement. Laisse-moi t'en dire plus.

Mais Lisbeth ne le laissa pas parler. Respiration sèche, toux nerveuse.

— Betsy ! Betsy ! hurla-t-elle à travers le bureau.

La commissaire cherchait des munitions. Elle se tourna vers la forme qui sortait lentement de son trou en prenant toute la lumière qui tombait du plafonnier.

— Approchez un instant, je vous prie.

Betsy se pencha vers l'oreille de sa patronne en montrant du doigt le bureau d'à côté (même ses mains avaient quelque chose de disproportionné : des appendices de boucher aux articulations pleines d'eau et rougies par le froid, le travail et le goût du meurtre). Les deux femmes se parlèrent quelques secondes. Oropa comprit que Sabiani n'était pas loin, probablement en mesure de les entendre. Le juge sentait bien qu'il agaçait. Sigmund était tout près du but.

— Tu sais, Sigmund, nous sommes débordés en ce moment. Ce n'est pas que les choses m'échappent, ou que je ne m'y intéresse pas. Mais je ne peux pas suivre tous les dossiers avec une égale attention.

Betsy se pencha à nouveau vers sa patronne pour lui glisser deux mots à l'oreille.

— Mais laisse-moi te parler franchement... (Oropa sentait que la situation était en train de se tendre singulièrement.) C'est à mon tour de te dire les choses telles que je les vois... Cette histoire n'est pas sérieuse... Cette Özdul dont tu parles (mépris au fond de la gorge), sais-tu au moins d'où elle sort ? Sais-tu quel rôle elle a joué dans ce dossier ?

— Une intermédiaire entre le gouvernement ottoman, l'Union et l'Arcadia.

— C'est cela. Et elle réclame de l'argent à l'Union ? Je suppose... n'est-ce pas ? Comme tout intermédiaire... Ces gens-là ne sont pas des philanthropes.

Lisbeth jouait avec un petit presse-papiers qu'elle faisait rouler sur son bureau.

— Combien ? Combien cette femme demande-t-elle ?

Oropa avait entendu parler de six cent mille balles. Lisbeth restait impassible. Mais de petits éclairs sortaient de ses yeux.

— Évidemment, ça fait une jolie somme...

La commissaire écrasa le presse-papiers contre son bureau.

— Et après, ça vient se plaindre, ça crie au loup, ça bat la campagne pour dénoncer la corruption à la Commission. Sigmund, au fond de toi-même, crois-tu vraiment à cette histoire de pots-de-vin ? Crois-tu vraiment que Sabiani, ou qui que ce soit d'autre à la Commission, ait réclamé deux millions pour ce contrat ? C'est abracadabrantesque, absurde, totalement absurde. La seule chose dont on puisse être sûr, c'est que cette femme réclame six cent mille balles. Non, mais tu te rends compte ? Et c'est elle qui vient dénoncer la corruption ! On dirait une blague. Comment peux-tu porter crédit à toutes ces accusations ?

Voilà donc le message que Betsy avait glissé à l'oreille de sa supérieure.

— Et les enregistrements, qu'est-ce que tu fais des enregistrements, Lisbeth ?

— Ça ? Voyons ! Mais c'est enfantin ! Une simple mise en scène. Une charmante comédie. Que veux-tu que cela soit d'autre ?

Oropa appréciait l'inventivité de la commissaire.

— Tu sais, avec ce genre de folles, tu n'as pas d'autre choix. Leur faire peur, ou leur jouer des tours. Et c'est ce qu'a fait l'Arcadia. Ils ont mis en scène une histoire de dessous-de-table pour décourager cette femme, voilà tout ! C'est encore la meilleure façon de lui faire comprendre qu'on n'a plus besoin d'elle. C'est un classique, crois-moi.

Astucieux, sans doute. Mais pour le juge, cette défense s'apparentait à une stratégie de dernière minute. Et il était sur le point de le révéler au grand jour.

— Sois sûr en tout cas que ce sera la ligne de défense de l'Arcadia, si jamais on devait les attaquer frontalement. Fais bien attention. Lâche l'affaire, Sigmund... si tu ne veux pas te faire casser en deux.

Lisbeth, à la fin de chacune de ses phrases, choquait le plateau de son bureau avec le presse-papiers en verre qu'elle tenait dans la main. Cette femme, au fond d'elle, était profondément vulgaire. (Basse classe, violente, indigne.) Sans doute pataugeait-elle aussi dans cette affaire de dessous-de-table. Mais la commissaire n'attendait aucune réaction de la part du juge. Et elle passa à la vitesse supérieure.

— Sigmund, je me demandais (ton familier, presque amical), pour quelle raison as-tu quitté un si bon poste au tribunal de l'Union... pour devenir directeur du service juridique de la Commission... et puis second à l'Office ? Ton père n'était plus là pour te protéger ?

Lisbeth dit « Office » avec un ton profondément dégradant. Le bouquet de fleurs n'aimait rien sinon marcher sur des charniers fumants.

— C'est tout de même un sacré parachutage, non ? Ou plutôt une descente aux enfers des petits dossiers de recouvrement de dettes. On ne peut pas dire que tu aies atteint les sommets. Et ce n'est pas avec ce genre de considérations que tu risques d'y arriver... Tu m'avais habituée à mieux.

MICKEY MOUSSE

•

À l'Union, dans le désordre, vous trouviez des milliers de casiers et de boîtes aux lettres, la technologie de pointe des lecteurs de badges et de reconnaissance faciale (ISO 14443-A), une enfilade de fenêtres et de portes en verre (norme EN ISO 717-1), des milliers de serrures neuves (norme EN 1303 2006), des centaines d'hectares de moquette bleu outremer (RAL 5002), du lambris en sapin vernissé (EN 14915, code douane SH8 44091018), des cloisons en papier mâché (EN 520), des couloirs gris agate (RAL 7038), des néons verts (EN 61995-2/A1, EN 62504 et EN 62722-1), des régies pleines de téléviseurs, des salles de réunion et des salles de presse (norme 31 080) ; vous trouviez des forêts de ficus et d'arums (EN 234/68), des toilettes aux chasses automatiques (conformes au document D027170/02, relatif à l'établissement des critères pour l'attribution du label écologique aux toilettes à chasse d'eau et urinoirs), des ascenseurs aux parois vitrées (EN 81-21 et EN 81-50), des cantines, des chaises (ISO TC 136), des bancs, de faux plafonds (NF DTU 58.1), des lampes de bureau, des ampoules basse consommation (directive 2009/125), des postes téléphoniques, des bibliothèques blanches, des porte-documents de couleur et des rapports, des centaines de milliers de rapports.

En un ou deux ans, on y avait imaginé la directive 1535, prévoyant une procédure d'information dans le domaine des réglementations techniques et des règles relatives aux services de la société de l'information ; la directive 2436, qui rapprochait les législations des États membres sur les marques ; la directive 849 relative à la prévention de l'utilisation du système financier aux fins de blanchiment de capitaux ou de financement du terrorisme, qui modifiait le règlement n° 648/2012 et abrogeait les directives 2005/60 et 2006/70 ; la directive 413, censée faciliter l'échange transfrontalier d'informations concernant les infractions en matière de sécurité routière ; la directive 720 modifiant la directive 94/62 relative à la réduction de la consommation de sacs en plastique légers ; la directive 943 sur la protection des savoir-faire et des informations commerciales non divulgués (secrets d'affaires) contre l'obtention, l'utilisation et la divulgation illicites ; la directive 121, qui modifiait la directive 2011/96 sur le régime fiscal commun applicable aux sociétés mères et aux filiales d'États membres différents ; la directive 800 relative à la mise en place de garanties procédurales en faveur des enfants qui sont des suspects ou des personnes poursuivies dans le cadre des procédures pénales ; la directive 2302, qui s'appliquait aux voyages à forfaits et aux prestations de voyage liées.

Mais rien, rien dans cette pure poésie administrative que produisaient les fonctionnaires de l'Union n'avait trait au sentiment de culpabilité, à la honte ou à l'échec. Rien ne concernait les remords, les cas de conscience ou les déchirements intérieurs.

Au troisième étage, Sigmund poussa la porte de son bureau avec dégoût. Viktoria Olsen, son assistante, était installée dans son fauteuil. Elle passait du vernis au bout de ses dix doigts. C'est à peine si elle se sentit gênée par la situation, par la gravité du moment ou par l'entrée de son patron. La couleur qu'elle appliquait sur ses ongles était au-delà de l'épouvantable. Un rose poisseux qui rayait la rétine et laissait penser que jamais plus vous ne pourriez voir quoi que ce soit d'autre.

— Excuse-moi, Viktoria... Tu n'as rien de mieux à faire ?

— Pardon ?

Oropa n'était pas sexiste ou ce genre de choses. Mais un sous-directeur de l'Office des fraudes avait tout de même pour mission de traquer les entorses au budget et de faire en sorte que les choses aillent mieux sur le continent. Sigmund Oropa avait été juge, il avait toujours cherché à être juste. Il avait la tête bien faite, il savait lire des dossiers et si quelque chose d'autre, au fond de lui, vibrait encore — quelque chose de moins normé, quelque chose de plus irrationnel —, c'était le désir d'être plus juste que juste. Son objectif n'était pas seulement de garantir les intérêts financiers de l'Union, pas seulement de faire des économies ou d'éviter le gaspillage, mais de promouvoir un projet civilisationnel. Oropa défendait une certaine idée de la vertu — et de l'éthique en général. Et c'est pour cela qu'on le chargeait de traquer les fraudes : fraude au CO_2, fraude aux panneaux photovoltaïques, fraude à la TVA, fraude au bétail ou au cheptel, fraude à la cigarette, fraude aux frais de douane, contrebande, champs d'éoliennes, fausses routes — et c'est pour cela qu'on le chargeait de compter, de tracer et de dénoncer la corruption des fonctionnaires communautaires. C'était pour cela qu'il avait décidé de faire face à la corruption. Et pour rien d'autre. Il lui semblait, à ce titre, qu'il aurait eu droit à un minimum d'égards.

— Je ne sais pas... Viktoria... Prends des initiatives... Rends-toi utile. Tu aurais pu ranger... par exemple. Tu aurais *au moins* pu ranger ce bureau. Au moins ça...

Viktoria releva la tête. Elle cligna de ses grands yeux, une ou deux fois, en rebouchant son vernis.

— Mais Monsieur, vous savez que cela n'est pas de mon ressort. Et quand bien même ce le serait, vous voyez bien que je n'en ai absolument pas le temps.

Oropa ressortit, il marcha le long des bureaux de ses collègues. Il emprunta un couloir légèrement en pente, qui donnait sur un autre couloir et un autre couloir encore. Il se perdit, tituba, hésita. Et finit essoufflé et assoiffé entre deux portes. Le juge attendit de longues minutes, là, devant un ascenseur. Il appuya sur le bouton. Mais rien n'arriva. Il appuya encore, rien n'arrivait. C'est au bout de dix minutes qu'il poussa une porte à droite, descendit un escalier, en prit encore un autre et poussa une porte menant à l'air libre.

Dehors, le juge marcha d'un pas rapide. Il traversa la rue. Il continua de marcher, emprunta une avenue, remonta la rue Belliard, tourna à gauche, puis à droite, revint sur ses pas et s'arrêta net pour repartir. Il était encore jeune lorsque les gens s'étaient mis à le surnommer « Zigui Zigzag ». Mais c'était arrivé d'un coup. Instable, velléitaire, disaient certains. Les moments où Oropa s'enflammait, les moments où il se sentait investi ou sentimental faisaient suite ou précédaient de soudaines et profondes crises morales durant lesquelles il jetait sur le monde un regard résigné ou désabusé (ou faudrait-il dire réaliste ?). Oropa supposait que sa versatilité pouvait déconcerter. Mais il y avait dans ces mouvements d'humeur, il le savait, dans ce jeu, dans cette oscillation entre le cœur et la tête, entre la défaite cynique (les affaires sont les affaires) et la révélation quasi mystique (il faut changer la vie), un trait de caractère qui constituait le ferment de toute grande chose. Si ce n'était aussi présomptueux de le dire, Sigmund se serait risqué à affirmer que cette mobilité de ses émotions faisait de lui un être à même d'embrasser le meilleur, en risquant le pire — c'est-à-dire qu'elle faisait de lui un homme. Mais il ne s'en accommodait pas totalement.

Quelques heures après avoir discuté avec Lisbeth Mortensen dans le bureau de la commissaire aux affaires extérieures, Oropa poussa donc la porte du café Mickey Mousse, le visage fermé. C'était le rendez-vous incontournable de la vie sociale du personnel communautaire. Il y allait rarement. Ce grand bocal aux tables rouges, à la carte des boissons pléthorique et aux fauteuils flanqués d'oreilles de souris se situait au rez-de-chaussée du Parlement de l'Union. On retrouvait là toutes sortes de gueules cassées, de poètes en mal d'inspiration, de diplomates placardisés, de fonctionnaires ravagés, de souffre-douleur et peigne-culs — toute une ribambelle de députés aux accents improbables qui aimaient boire un dernier verre (disons un soda, un whisky, un verre de blanc, un daïquiri, une piña colada, un bloody mary ou un inoxydable mojito), qui se transformait en avant-dernier verre, en avant-avant-dernier verre, jusqu'à ce que le décompte ne se perde dans les limbes de la paresse éthylique. On riait, on pleurait, on se cassait en deux. Certains discutaient d'une directive, d'autres cherchaient un plan d'attaque pour démonter un supérieur, on se plaignait du bureau qui était d'une « implacable saleté », mais on cherchait surtout à se ravitailler « en poisson frais ». Les prédateurs au café « mousse » étaient légendaires (plusieurs générations s'y étaient succédé). Les plus actifs faisaient mine d'être plongés dans un rapport sur les disparités entre le nord et le sud du continent, sur l'état prévisionnel des recettes et des dépenses du Parlement : l'œil tendu sur tout ce qui bougeait, ils ne manquaient jamais l'arrivée des nouvelles recrues dans l'institution.

Oropa s'installa à une table près de la grande baie vitrée. Absolument défait. Tout au fond de lui, le ferment de sa complaisante médiocrité prenait de l'épaisseur. (Envie de rien, sinon de s'humilier. Envie de rien, sinon de choir. Il n'était tout simplement pas à la hauteur.) Sigmund observait son petit ego froissé à travers la lunette de sa mauvaise conscience ; il contemplait la floraison pathologique de son narcissisme négatif. Sforza l'avait coincé et étrillé, entre deux couloirs, après le déjeuner, il l'avait piétiné à propos d'un dossier qui n'aurait pas été traité avec suffisamment de diligence. (Un passionnant trafic de cartouches de tabac.) Mais Oropa s'était senti flatté par ce mouvement d'humeur du chef. (« Tu dois faire mieux, Sigmund. ») L'échec était son lot. Bien incapable de se rendre digne de quoi que ce soit. Sigmund n'avait jamais rien fait de bon. Il était fêlé, vicié, tordu. Et il ne cherchait pas même à s'en défendre. Angèle ne l'avait toujours pas appelé pour l'inviter au dîner dont elle lui avait parlé au musée. Et elle avait sans doute bien fait.

Il regarda à travers la baie vitrée. À cette heure, le gros des effectifs (fonctionnaires, assistants, petit personnel) sortait des portes de l'institution. Cette transhumance du lieu de travail au domicile donna au juge l'idée de commander une bière et un whisky. Il les sécha d'un coup.

En tournant la tête, il reconnut les silhouettes de Dadelsen et Mercandier, installés au bout du comptoir. Ils semblaient totalement ivres, en pleine conversation avec deux jeunes femmes. Oropa savait que ses deux collègues se donnaient rendez-vous là un soir sur deux. Ils lui firent signe de la main, ils lui tapèrent sur l'épaule et lui présentèrent leurs deux convives. Pernille était suédoise, elle avait des dents de cheval ; Eva était polonaise et son sourire était glacial.

L'information capitale se résumait en une seule phrase : fête ottomane au troisième étage. Dadelsen affectait un air blasé, mais il était impatient. « Fête ottomane au troisième étage ! Fête ottomane au troisième étage ! » On monta donc au troisième étage. Il pouvait y avoir entre cent et cent cinquante personnes, placées devant la fresque géante qui couvrait le grand mur de la salle de réception : des mythes achéens, plein de chevaux, des taureaux multicolores, des guirlandes de fleurs, des bras armés de lances, de massues et de boucliers, des femmes nues au bord de l'eau, debout devant un arbre, entre les mains d'un faune. Quelques mètres plus bas, les gens s'accrochaient par petites grappes en grignotant des olives. Il y avait du raki, des feuilles de vigne, des farcis à la viande, des feuilletés au fromage et du tarama. Une poignée de moustachus improvisait un concert infiniment calme. Oropa crut même déceler quelques danseuses en train de remuer leur bassin. Tout le monde avait l'air de s'ennuyer.

Dadelsen serrait de près Pernille. Il était d'humeur badine.

— J'adore ces réceptions au « caprice des dieux ». Elles ont un charme si provincial. On se croirait aux vœux du maire d'un petit village.

— C'est quoi le « caprice des dieux » ? demanda la Suédoise.

— Un fromage français. Depuis que la Commission s'est étripée sur le sort des fromages au lait cru, on en sert à chaque réception.

— Ne l'écoutez pas, Pernille. On désigne comme ça le Parlement. Parce qu'il a la forme d'un « caprice des dieux ». Une fois par semaine, si ce n'est pas deux, il y a ici une réception à vocation « culturelle ».

— Tu parles, on s'en colle une bonne, oui !

— Ce soir, ce sont les Ottomans. Mais vous pouvez avoir les vins de Sardaigne, qui donnent de très gentilles soirées... La danse andalouse est un grand moment de réjouissance... Les fleurs des Alpes, la musique germaine ou les cuisses de grenouille sont très agréables aussi...

— En quelques mois, vous faites ainsi le tour des spécialités continentales.

— C'est ce qui s'appelle labourer le terrain.

— Ce qui est in-dis-pen-sable lorsque l'on fait, comme nous, de la haute politique...

Dadelsen tendait un bras pour qu'on lui resserve un peu de vin de Champagne. Oropa avait déjà la tête qui lui tournait ; et le petit moralisateur qui veillait en lui s'insurgeait à mesure qu'il finissait ses coupes contre les institutions vermoulues, contre les professionnels sans professionnalisme, contre la vie, contre l'ennui. Malgré la gêne, ou peut-être en raison de celle-ci, tout le monde se mit à rire. (Comme on se gargarise avec du sel lorsqu'on a mal à la gorge.)

— Le vrai malheur de l'Union, vois-tu, mon cher Sigmund, ce n'est pas la décadence, mais cette fichue bonne conscience. Gluante, adipeuse... L'Union vertueuse jusqu'à la moelle... vertueuse à vous foutre la nausée... Rendez-vous compte, elle est réglementée à tous les étages, elle crache des normes comme une reine pond ses larves. Pour les stylos, pour les déchets, pour les sanibroyeurs, pour les fruits, pour les jouets, pour les cercueils, pour les carburants, pour les déplacés... Bref, à peu près pour tout.

— Ce qui, en dernière analyse, ajouta Dadelsen, ne sert qu'aux charognes du monde entier, qui s'ouvrent de nouveaux marchés...

— Et on en sait quelque chose...

— On coupe les forêts pour produire des biocarburants ou des avocats, on vide les mers de Somalie pour éviter la surpêche sous nos latitudes, on enfouit en Afrique les déchets dont on ne peut rien faire chez nous, on produit des crevettes bio en ravageant les fonds marins.

— C'est le problème de toute personne vertueuse, elle projette du vice autour d'elle.

Mercandier approcha du juge. Il avait les yeux électriques.

— Qu'est-ce que tu en penses de tout ça, toi, hein ? Sigmund ?

Malgré ses quatre ou cinq verres, la question lui fit l'effet d'un électrochoc. Le juge resta muet.

— C'est marrant, tu me parais un peu moins vaillant que l'autre jour. Un peu moins fier. Ou je me trompe ?

— De quoi ?

— Les enregistrements...

— Eh bien ?

Dadelsen et Mercandier souriaient comme des gamins. Sans doute Oropa prit-il un peu peur.

— L'Arcadia, qu'on le veuille ou non, ce sont de bons partenaires. Fiables, efficaces...

— Quoiqu'un peu chers...

— Mais au fond, ils font du bon boulot.

— On ne peut pas leur en vouloir.

Les oreilles du juge sifflaient. Mercandier releva la tête. Et de sa voix blanche :

— Mais ne t'en fais pas. Prends un verre, mange un petit quelque chose... La fête ne fait que commencer. On est là pour ça.

Oropa but encore un verre, il respirait avec le ventre. Pernille le dévisageait. Il sentait ses yeux passer sur lui, comme la queue d'un chat. Il y avait une charge érotique dans tout cela, évidemment. On l'avait placé à côté d'elle. Ce n'était pas pour rien. Oropa lui tendit une coupe et il se laissa aspirer par le reste de la nuit.

Vers onze heures, la petite équipe quitta le quartier de l'Union dans la grosse BMW de Dadelsen. Il conduisait comme un sourd. Oropa recouvrit Pernille de sa faconde. Elle ne réagissait pas. De temps à autre, à moitié endormie, elle frôlait ses ongles sur ses bas noirs. Elle sentait la vanille aussi. Ça faisait du bien à l'ancien juge. Ils passèrent du Zebra au Mappa Mundo, de l'Oasis au Refuge, du Floris à La Mort Subite. Oropa dut boire encore une quinzaine de bières différentes — acides, amères, sucrées, infectes. Pernille réclamait à boire en faisant signe sur la cuisse du bon Sigmund. La couleur de ses ongles était la même que celle de Viktoria. Rose, atroce. Oropa avait entendu dire que les Scandinaves n'avaient pas froid aux yeux. Pernille avait peut-être le sentiment que le juge la draguait. Son plaisir était grand, il est vrai, de la voir rire. Au Delirium Café, effondré sur une banquette, Oropa se sentit enfin libéré. Il parla de ses enfants, de son adolescence, de ses premiers émois, de son premier amour, de sa sexualité, de son envie de s'enfoncer un pieu à l'intérieur du crâne, de traverser les corps et de toucher du doigt la quintessence. La musique ne l'abandonnait plus — elle tenait chaud —, cette musique idiote que l'on écoute dans les mauvais bars. Oropa devinait le bal des petites têtes costumées, la guirlande des têtes des agents de l'Union, les putes, les salopards et la farandole institutionnelle autour de lui. Il s'en foutait. Il s'en foutait au point de se faire mal.

En sortant, le juge proposa à Pernille de partager un taxi avec lui. Pernille s'avéra être une complice pressante, nerveuse, voire appliquée. Sa langue était petite, presque indécelable. Il sentit, au loin, le muscle infime de cette Suédoise mouliner la salive dans sa bouche. Ça donnait l'impression d'une toute petite noix dans un coquillage à peu près vide. Il la serra à la gorge, il la plaqua dans un coin du taxi ; elle poussa un petit cri. Cela faisait sans doute trop longtemps qu'il n'avait pas embrassé une femme — à part la sienne — et la chose lui paraissait bizarre, voire contre-nature. Et il se découragea. C'est-à-dire qu'à un moment, il lui sembla ne pas en avoir envie. Pas dans un taxi, encore moins ailleurs. On l'aurait accusé de viol.

En arrivant à la maison, il prit une douche. (Il ne cherchait qu'à se laver de la bêtise ambiante et protéger son mariage.) Oropa se rendait compte qu'il s'était investi dans cette affaire — investi sur la personne de Sabiani — pour s'éloigner d'une autre chose, qu'il sentait vibrer en lui et qui lui faisait mal. Pour autant, il n'y avait jamais rien eu de personnel entre Sabiani et lui. Il n'avait nullement cherché à se débarrasser d'un rival, il n'avait pas voulu discréditer quelqu'un qui le gênait, ou se blanchir. Non, il cherchait simplement à dénoncer la fraude. À se rendre utile, à être juste et à retrouver en lui une petite partie de son idéal perdu. Ce dont il se sentait bien incapable.

Ruth dormait. Il s'installa. Elle ouvrit un œil et ils firent l'amour de façon étrange, presque étrangère. Ce n'était ni son corps ni le sien. Comme des cosmonautes en plein désert. Cela faisait des années qu'ils ne s'étaient pas touchés si profondément. Et cela lui plut beaucoup.

2

•

COMMUNE ÉTREINTE

Tes charmes réunissent ce qu'a séparé le rigoureux usage ;
tous les hommes deviennent frères, là où s'arrête ton doux vol.
Millions d'êtres, soyez tous embrassés d'une commune étreinte !
Au monde entier ce baiser !

Friedrich von Schiller, *Hymne à la joie*

SALONIQUE

•

Viktoria arriva en retard le jour de leur départ. Elle klaxonnait sous leurs fenêtres. Sigmund n'était pas prêt. Ruth approchait de lui. Pas de larmes, pas d'effusions. Elle affichait un sourire plein de douceur en lui servant le café. Ne mange pas trop, appelle-moi souvent. (Avant même de quitter la maison, le juge était ailleurs.)

L'avion décolla vers huit heures trente. Le vol fut dérouté pour une raison inexplicable. On monta dans un autre avion, quatre ou cinq heures plus tard. Il n'y avait plus de place en première ni en business. L'ancien juge commanda deux whiskys, une heure avant l'atterrissage. À chaque mouvement de la carlingue, une main sur les yeux, une autre entre les cuisses, la voisine retenait ses hurlements. Oropa pensa à sa fille qui répétait cette phrase lorsque l'avion entamait sa descente : « Peur de tomber, papa, peur de tomber. » Puis elle fermait le hublot, sanglotait un peu et se rendormait. Oropa était maintenant en état de comprendre ce que pensait sa fille — pas de différence entre une chute et un atterrissage. Prétendre le contraire serait aveuglement.

De tout le voyage, il ne lut pas une seule ligne. À vrai dire, cela faisait des mois qu'il n'avait pas pu lire une seule ligne — et le sentiment de sa propre déchéance sans doute n'aidait-il pas. Ceux qui, comme lui, avaient tendance à étouffer, voyaient dans chaque porte qui s'entrebâille un piège supplémentaire. Il ressentait encore le poids qui s'était abattu sur ses épaules lorsque Viktoria était entrée dans son bureau, les bras en l'air, pour lui annoncer leur départ. La nouvelle l'avait anéanti. Il avait beau être retourné voir son supérieur, lui expliquer qu'il s'était emporté, qu'il n'avait rien demandé, qu'il n'en avait plus contre personne, Sforza n'avait rien voulu entendre.

— Après ton coup d'éclat chez Mortensen, tu as ouvert une brèche, plus de demi-tour possible, lui avait-il dit. Vas-y ! Fonce ! Va sur le terrain ! Vois où ça te mène. Et surtout, n'aie pas peur d'être impartial.

Touche d'ironie ou mise en garde ? L'affaire lui était revenue comme une fatalité. Et il la redoutait. Une peur obscure, une peur tragique. (Peur de ce qui l'attendait, peur de son aptitude à échouer.) Sigmund ne s'était-il pas propagé comme une forme de corruption généralisée des institutions, lui le petit-fils de nazi, lui le fils de mafieux ? Son ascension dans l'édifice de la justice n'était-elle pas la meilleure preuve de ce qu'il était incapable d'impartialité ? Les enregistrements étaient maintenant loin dans son esprit, il les avait étouffés. Sans savoir à quoi s'attendre ni ce qu'il découvrirait, il ne voulait pas y aller. L'hypothèse la plus probable, se disait-il, c'est qu'on m'envoie là-bas pour me perdre, définitivement. (« Je suis un fruit pourri, je n'ai jamais été qu'un fruit pourri. » Ritournelle sur un air stupide.) Son rapport à la justice avait toujours été vicié. Son droit tordu à la racine.

La chose ne datait pas d'hier. Il fallait bien l'admettre. Ça s'était passé à quelques kilomètres d'ici, dans une petite villa, sur l'une de ces îles qu'il avait vues défiler sous le hublot de l'avion. Le souvenir lui revenait parfois. Il y avait Bernardo, le chéri de sa mère (toujours rose et souriant), Lise et Sélène (dont le père disait qu'elles étaient les prunelles de ses yeux), et Aldo (l'étrange, l'inoffensif, aimable et toujours un peu ailleurs). Lorsque son père avait loué cette villa, Sigmund devait avoir dix ou douze ans. C'était l'aîné. Il paraissait taciturne, comme écorché. À y repenser, ces jours passés là-bas lui apparaissaient comme une anomalie. Une grande et interminable fenêtre de bonheur au milieu d'un étang de plomb. Premiers sentiments de lumière, premiers bains de mer, les vrais. Il enjambait les ruines, il grimpait sur les pins, il dormait à l'ombre des figuiers. C'était cet insupportable paysage de bonheur qu'Aldo avait gâché — petit Icare qui tombe à l'eau. Le jeune garçon avait été placé sous la surveillance de l'aîné. (Il aurait dû être sous sa surveillance.) On avait retrouvé le petit frère un peu trop tard. Il n'était pas remonté tout de suite à la surface. Sigmund, de toute façon, ne l'avait pas vu partir. Il n'avait pas vu que son petit frère était parti dans son dos pour le rejoindre. Mais Sigmund, depuis ce jour, savait que le bonheur charriait son lot de cadavres. Salvatore ne lui avait jamais rien reproché. Personne ne lui avait jamais rien reproché. Mais c'est à compter de cette période que s'était forgée en lui la conviction de son œuvre de justice — à la minute où le corps de son frère avait été repêché. C'est à ce moment qu'avait pris racine sa vocation. (Pas avant, pas après.) Sigmund serait juge, pour retrouver un peu de l'affection qui lui avait été enlevée et se libérer de la culpabilité. Jamais il n'avait trouvé la carrière mafieuse de son père aussi honteuse qu'après la mort d'Aldo.

En arrivant à l'hôtel, la tristesse le submergea. Dans ce bâtiment sale et lézardé, il téléphona à Ruth, à laquelle il s'attachait comme à une bouée dans la mer, regagna sa chambre seul, tout au bout d'un couloir vide — et s'effondra. Ce qu'il découvrit de l'autre côté de la porte 325 était au-delà de l'imaginable. Une moquette de couleur verte et boueuse, des rideaux tachés, une odeur d'égout, de grosses masses grises qui flottaient au plafond et un mouchoir sale posé sur le chevet. Dans la salle de bains, les joints moisissaient, l'eau chaude coulait à petit filet. (On était en dessous du niveau le plus bas.)

Étendu entre ses draps froissés, le juge entendait, venu des tréfonds du bâtiment, dans le soubassement de l'hôtel, quelque chose comme un bruit de fête, sans doute une forme de salle de spectacle, peut-être une maison de passe, et il grelotta. Le concert transformait cette première nuit en quelque chose d'infernal. Les gens se relayaient, en bas, en haut, dans les coulisses, dans les ruelles, à suinter leur mélancolie, à claquer des doigts, à fredonner des airs lugubres. L'hôtel tremblait, les sons, les vitres, tout remontait par ces cloisons infimes. Des touristes enivrés, venus du continent tout entier pour fêter leur bêtise, hurlaient leur trop-plein de vin par vagues successives dans les rues adjacentes. S'il s'agissait de bruits d'aise ou de détente, dans les faits, cela résonnait comme une torture aux oreilles du juge.

Au milieu de la nuit, Oropa fut pris de grands vertiges. Une attaque de panique, ou quelque chose qui y ressemblait. Il avait le souffle court, la fatigue, des douleurs diffuses dans la poitrine. Il se releva, alluma la lumière et avala un verre d'eau. Ses pas le menèrent vers la salle de bains. Il déboutonna une à une les agrafes de son pyjama. Il portait aux pieds l'une de ces paires de chaussons que l'on offre aux passagers de première classe dans les avions, fins et déjà troués. Le juge ôta ses sous-vêtements et s'installa devant le miroir. Il se sentait atteint dans sa virilité. Il tira sur la peau distendue de son pénis, caressa son gland, frotta ses bourses, mais rien ne se produisit. Des semaines qu'il ne s'était rien produit. Il avait une ou deux fois tenté de faire l'amour à sa femme. Avec la fille du café Mickey Mousse, il n'avait pas réussi non plus. La sève n'y était plus.

Sigmund remit sa tenue de nuit. Il s'allongea dans le lit et tenta de s'absorber en lui-même pour retrouver le chemin de la sérénité. Mais un rongeur mort, un mammifère quelconque, dans l'épaisseur d'un mur, quelque chose qui infusait dans la moquette, ou bien quelqu'un qui aurait vomi là, du côté ouest de la chambre, au petit matin, en revenant d'une nuit d'ivresse — une intense odeur de pourriture lui transperça les narines et l'empêcha de s'endormir.

PHAÉTON

•

Le lendemain, Sigmund s'éveilla vers sept heures quinze. La mer recouvrait le lointain. Le soleil s'éparpillait dans l'éclat d'une brise chatoyante. La chambre était inondée de lumière.

Il grimpa jusqu'à la terrasse. Sur la table du petit déjeuner, il regarda le miel, la feta, les fruits rouges. Il mâcha du pain en observant le ciel. Viktoria était assise deux ou trois tables à sa gauche. Son profil se détachait sur une mer bleue. (Où était donc passé l'infâme bureau, où était passé le gris du ciel ?) Son assistante se leva, but une dernière gorgée de café et gratifia son chef d'un léger sourire. Délicatesse dans chacun de ses gestes.

— À tout à l'heure...

Puis elle s'en fut. Oropa marcha dans la ville. Il regardait le monde d'un pas lent. Les reflets du soleil faisaient vibrer chaque détail. Les visages se répondaient. Il vit des gens pressés, des gens heureux, des gens adossés à un arbre, des gens accoudés à une table. La grâce d'un sourire le transportait. Les magasins avaient mis la clé sous la porte. Mais le battement de la ville ne semblait pas ralenti pour autant. Oropa voulait parler aux gens, écouter leur langue. La douceur de l'air, une voix mélodieuse, la beauté des passants — à cette minute, en plein soleil, tout redevenait possible. Les yeux fermés, il se sentit décoller. Un plaisir presque indécent. Insupportable. Trouver sa place, le juge avait le sentiment de retrouver enfin sa place. Il ressentait les liens qui l'unissaient à cette terre (une plante qui reprenait vie). Il était bien.

Depuis le centre historique et moderne, une fortification cyclopéenne grimpait vers le sommet de la colline. Pied à pied, il l'escalada. Oropa était à peine essoufflé. Il tourna sur lui-même et s'assit sur une pierre. Là-haut, les oiseaux faisaient des oracles invisibles. Des arbres légers zébraient le ciel, les courants d'air étaient sucrés. Aucun nuage. Oropa se sentait le courage d'un roi antique. La lumière explosait sous ses yeux, elle démultipliait son corps. Il s'immergea dans une sorte de bain lustral. Allongé au soleil, le juge ressentait la sérénité des épicuriens. (Violente conviction de retrouver en lui les racines qui s'apparentaient à son printemps et qui s'épanouissaient à nouveau.) Le soleil chauffait ses os. L'humidité s'échappait de son corps — elle fumait, comme peut fumer la terre après la pluie. Les petits fils qui bridaient son cœur se déliaient. (Affolant d'être aussi serein.) Une impression de fondre, il se sentait terriblement libre — libre de ses mouvements, libre de ses pensées. Il ne ressentait plus de honte, il n'y avait plus de culpabilité. (Avait-il du reste jamais été coupable de quoi que ce soit ?)

En dégringolant la colline, le long de ces blocs de calcaire blond, Sigmund se disait que les premières heures d'un voyage avaient des charmes impérissables. Il découvrit les restes des mosquées, plus ou moins camouflés, de petites églises qui ressemblaient à des gâteaux. Oropa se laissa glisser entre les rues. Des brindilles de lumière s'échappaient de chaque façade comme d'un brasier inextinguible. (Terrible souvenir.) Dans son guide, il avait lu que le centre de la ville avait été ravagé par un incendie. Né d'une étincelle, le feu avait voyagé de toit en toit — il était l'heure de manger, on vivait, on buvait, les flammes et les braises pouvaient bien attendre. Près de dix mille maisons avaient fait la torche en une seule nuit. Des juifs, des musulmans, des catholiques, des Hellènes, des Ottomans, des Albanais, des Croates, des Serbes, des Arméniens, des Saxons, des Francs, des Bulgares, tout ce que cette arche recueillait depuis des siècles avait été mis à la rue. De la vieille ville, il ne restait plus que des fortifications aux pierres gigantesques et la sinistre prison du front de mer.

Oropa avança donc de l'autre côté de la ville. Il découvrit les quartiers pauvres. À proximité de la gare, il s'installa sur une chaise. On y servait de la bière fraîche et de petites boulettes de viande. Oropa observa le va-et-vient des femmes en haillons, qui partaient les mains vides et revenaient les bras chargés de pain. Quelques retardataires couraient après un train, ce tas de ferraille qui lui aussi semblait mourir de faim. Oropa commanda une grosse salade et des feuilletés au fromage. (Harmonie persistante. Quelle chance d'avoir été envoyé là.)

Sur des étendues désertes, dans des espaces confinés, il observa de petits rassemblements d'êtres humains. Il se perdit dans la contemplation de ce tableau. Allongés sur une pelouse, pressés sous des bâches trouées et mal tendues — des familles, des hommes seuls, des enfants et des femmes enturbannées, des sacs en plastique, des sacs de couchage, une ou deux valises. Le linge pendait, des idiomes venus de loin, ce campement faisait penser à une caravane en pause dans une oasis. (Scène pittoresque, au charme attendrissant.) Les gens semblaient venir d'un peu partout. Oropa s'imagina que les enfants et les petits-enfants de ceux que le brasier avait chassés de la ville, il y a un siècle, revenaient à la maison — le reflux après l'étale. De braves gens leur apportaient un plat de riz, une assiette d'aubergines. Le brasier ne s'était pas éteint.

Or c'est là, le long de ces murs, à quelques pas du camp, qu'il vit la première faille. Un papa, une maman et tout un tas de petits ratons. (Première épine, vision abjecte.) Ça s'agitait dans un recoin de la terrasse. Il en vit un, puis deux et trois, partout sur son chemin. De gros rats qui couraient, de gros rats qui se cachaient. Il y en avait partout. Ils avaient des poils roux et gris, des yeux étroits, des griffes sales. Dans les rues jonchées de poubelles retournées, des centaines de rongeurs grouillaient, se répandaient, par nappes, se reproduisaient sur les trottoirs ou regagnaient leur bouche d'égout. Le juge aurait pu apprécier leur nombre, leur vitesse et leur célérité. Ils mangeaient de tout, ils grignotaient, ils grattaient, avec ce petit craquement des choses sous leurs dents — car tout finit un jour par passer dans leurs intestins. (Intestins de rats.) Des rats, des rats, des rats. Gros, gras, laids. Que se passait-il ? Mais que se passait-il donc ? Où était la source ? D'où venaient-ils ? Pourquoi fallait-il toujours qu'il y ait quelque chose de pourri sous le soleil ?

ARCADIA

•

Derrière le port, le juge traversa un quartier que l'on appelait « français ». Il comptait parmi ses rues les rares maisons qui n'avaient pas brûlé dans l'incendie. Oropa découvrit un immeuble ancien (sans doute l'un des plus beaux), récemment rénové, bardé d'une résille de fer et rehaussé de panneaux de couleur. Viktoria l'attendait sous une tonnelle de glycine en fleurs. Presque impatiente, c'était elle qui avait organisé la réunion.

On poussa la porte sans se parler. Le juge fut surpris par l'atmosphère de la maison. On les accueillit dans une pièce blanche et lumineuse, une salle de réunion qui faisait office de salon de détente et de réfectoire. D'emblée, Sigmund se sentit bien dans cet espace. Il imagina une zone de massage, peut-être une baignoire bouillonnante. Il y avait un petit salon où les gens se parlaient avec douceur. Les lattes du parquet étaient d'un blond massif. Des canapés de cuir roux prenaient la lumière à travers des vitres anciennes — sans doute, le soir venu, projetait-on des films en noir et blanc et, de temps à autre, des amis venaient-ils se joindre au groupe pour préparer des cocktails aux couleurs vives et aux noms nouveaux. On flirtait, on riait, on conversait avant de se remettre à la tâche. Sigmund avait connu cela. Il se sentait décidément très bien dans les bureaux de l'Arcadia.

Six ou sept jeunes filles se tenaient sur le seuil de l'établissement humanitaire. (Les hommes étaient regroupés un peu plus loin dans la pièce.) Elles avaient revêtu leurs plus belles robes, chacune affectée d'une singularité physique. Ces jeunes dames faisaient face au juge, le sourire aux lèvres, le sourcil levé, avec un mélange de surprise et de curiosité. La plus élancée passait un mot à l'oreille de sa voisine. Un être bizarre venait de pénétrer dans leur jardin. Elles le regardaient de haut en bas en souriant. Le juge portait un pantalon de ville et une chemise à manches longues. Il ne s'était pas départi de sa sacoche pleine de dossiers. Ces femmes avaient le teint hâlé, elles respiraient la fraîcheur. Le juge les voyait s'éparpiller, l'une partait s'accroupir dans un recoin, à la recherche d'un papier perdu, une autre marchait armée d'un mug floqué de slogans pleins d'esprit, comme s'il s'agissait d'un viatique. Le juge se sentait heureux, il reprenait goût à son travail — au terrain, à l'investigation —, aussi simple soit-il.

En s'asseyant à la table de réunion, son pied buta contre une chaise. Elle tomba au sol. Ce qui fit rire. Un juge aussi maladroit. L'union fait la chute. L'une de ses voisines de table, peut-être âgée de vingt-cinq ans, ramassa la chaise tombée par terre.

— Mademoiselle Amara, dit-elle en lui tendant la main.

Sa coiffure masquait en partie son regard.

— Mais appelez-moi Julia, je vous en prie, se corrigea-t-elle.

Julia parlait avec une suavité presque gênante. Une bouche immense. Des cheveux bruns, un regard effronté. Trois boucles d'acier griffaient son oreille droite, une autre sa narine gauche. On était si loin des bureaux de l'Office, si loin du cadre strict du protocole — le charme de l'existence. Et on allait travailler ensemble. Oropa, dans ce bain de lumière, rajeunissait minute après minute.

— Et peut-on savoir quelle est votre fonction précise, Mademoiselle ?

Visiblement agacée par cette stagiaire, Viktoria forçait sa mauvaise humeur. Elle voulait consulter les dossiers sur le champ, exigea les comptes (et ce zèle, à la limite de la grossièreté, fit rire Sigmund, lorsqu'il songea à la paresse dont son assistante faisait preuve en temps normal).

Couvert par le brouhaha général de l'espace de travail, le juge chercha à prendre ses renseignements avec un peu plus de souplesse et de rondeur.

— Vous savez, lui dit Julia, l'Arcadia offre des solutions *sur mesure*... On aide les pays qui délèguent leur filière d'accueil pour rationaliser les flux. Du blanchiment du linge aux plateaux-repas, des toilettes à l'animation scolaire, nous prenons *tout* en charge.

« Vous êtes parfaite », se dit Sigmund.

De fait, Julia faisait montre de beaucoup d'amabilité ; gentille, affable, quoique son propos restât un peu trop vague.

— Je suis une femme d'action, voyez-vous. Ce que j'aime avant tout, *c'est le terrain*.

Julia avait fait de l'archéologie, elle avait étudié les langues et achevé une licence professionnelle « chargée de projets solidarité internationale ». Sur son mug, d'un côté il y avait écrit : « *I have sex daily* » ; de l'autre : « *or is it dyslexia* ? »

— En Libye, sur les côtes latines, en territoire ottoman, partout où il y a des femmes, des enfants et de jeunes gens qui tentent de passer, l'Arcadia tend la main aux démunis et assiste l'État dans cette mission si délicate.

Julia associait avec art la rhétorique de la miséricorde au discours promotionnel. Sigmund s'en réjouissait. Le mouvement du buste de la stagiaire était évocateur. Julia se disait heureuse d'avoir rejoint le « staff » de l'Arcadia. Oropa voyait ses seins s'agiter sous son corsage. (Mais d'où cette oscillation pouvait-elle bien sortir ? De son ventre ou de plus bas encore ?) Sous l'enthousiasme de façade, on pouvait lire la stratégie globale de toute bonne guerre d'influence humanitaire : mieux que les bombardiers, mieux que les frégates, contre les tyrans et pour stopper les « illégaux », Julia apportait sur ses longues jambes, son rouge à lèvres et ce beau sourire, la bonne humeur nécessaire à toute prise de décision éclairée. (On faisait pénétrer l'arme fatale avec un claquement de langue.) Car chez l'Arcadia, comme le disait *mademoiselle*, « on ambitionne de devenir leader sur le marché des déplacés ».

Au bout d'une heure de conversation, la stagiaire, sans doute bien intentionnée, proposa à Sigmund de lui faire découvrir la ville. On traversa ainsi côte à côte les ruelles ensoleillées. Julia l'interrogea sur son parcours. Elle fut très impressionnée par sa carrière, les fonctions qu'il avait occupées. (« Mais tu es surdiplômé pour faire ça ! Ce n'est pas à ta hauteur. ») Elle le félicita et le taquina aussi sur son âge et ses manières. Elle le trouvait sans doute un peu trop poli ou trop guindé. (Mais que pouvait-il y faire ? Tout cela le flattait énormément.) Julia parlait avec ce charmant accent qui aurait pu venir de partout et de nulle part — et qui faisait d'elle un parfait démon communautaire. Elle lui montra les églises anciennes, l'arc de Galère, les mosaïques de la rotonde Saint-Georges, celles de Sainte-Sophie. Elle était tendre, elle riait, elle parlait librement.

— Tu restes combien de temps, dis-moi ? Cette ville est pleine de charme, tu vas voir.

Sigmund commençait à prendre goût au terrain. Il comprenait soudain pourquoi Sforza partait si souvent en déplacement. Les choses paraissaient si simples. Il se prélassait comme un félin. Pas de paresse ou de fatigue, mais aucune envie de travailler. Ils s'installèrent à une terrasse pour boire un verre. Ils en commandèrent un second, puis un troisième et passèrent au vin. Sans aucune forme de mauvaise conscience. Peut-être l'avait-on envoyé ici pour cela. Une grande cure d'oisiveté. La seule information utile fut finalement livrée quelques minutes avant l'arrivée de la seconde bouteille :

— Demain, il y a une réunion avec le maire de Salonique...

Julia disait cela sans y penser.

— L'Arcadia va présenter ses différents projets pour la ville. Et la nouvelle responsable de l'association aussi... C'est une femme super, je l'adore... Elle pourra t'en dire plus... si besoin... »

Mais *mademoiselle* Amara baissa les yeux vers sa montre. Il était tard. Il fallait qu'elle file. Elle déposa sa carte de visite sur la table, en surimposant son numéro personnel au revers.

SUN BEACH

•

Vers neuf heures trente, le lendemain, Oropa errait comme un animal dans les couloirs du Sun Beach Hotel. Chaises longues, piscines, touristes — pas de trace de Julia. L'endroit était tout de même drôlement choisi pour organiser une réunion sur les questions migratoires.

À l'accueil, on ne fit aucune difficulté à laisser passer le juge. Les portes s'ouvrirent, le manège s'anima, les figurants sortirent de l'arrière-cuisine. On aurait dit que l'assistance attendait l'entrée du juge pour commencer les réjouissances.

Oropa reconnut quelques représentants du Fonds continental pour les déplacés (FCD). Ils tournaient en rond dans le réfectoire. (Il y eut même un ou deux sourires complices.) À ce stade, le juge ne s'affola pas, il s'étonnait seulement de ne pas retrouver Julia. Mais une hôtesse l'invita à s'approcher du buffet. (La chose était écrite en lettres grasses sur le planning.)

Oropa n'aurait jamais imaginé qu'il fût possible de réunir autant de mets sur une même table — c'en était presque inquiétant. L'organisateur de ces réjouissances semblait avoir voulu mettre en scène quelque chose d'absolu. Des fruits ? Il y en avait. Des tartines ? Elles étaient là. Des pommes de terre au lard ? Assurément ! Du saumon à l'aneth ? Mais bien sûr ! Le chef recommandait les chaussons à la viande qui sortaient du four, ou les tomates à la mozzarella (dont les Germains, par fausse nostalgie, semblaient raffoler). La gamme complète des charcuteries était aussi classée par ordre de grandeur, le bataillon des confitures, une armée de pains et de céréales, une marée de laitages, des régiments de pommes, de raisin, d'agrumes et de viennoiseries. On entrait dans l'antichambre douceâtre de l'enfer. Et Sigmund s'en amusait.

Viktoria ne semblait pourtant pas mieux disposée que la veille. Elle se contenta d'un croissant, de quelques rondelles de salami, de camembert et d'un peu de salade de fruits rouges. Oropa hésitait entre les plats garnis et les viennoiseries, entre les laitages et les gâteaux. Son assistante le força à s'installer près d'une baie vitrée. Le prosciutto lui laissait des traînées roses aux commissures des lèvres.

— Lutter contre l'Arcadia requiert un peu plus d'acharnement, disait-elle avec humeur. Je trouve que vous manquez de pugnacité, Sigmund.

Oropa tourna la tête. Julia allait sans doute lui poser un lapin, mais il pourrait encore profiter du beau temps. La plage était pleine de corps bariolés. Il regardait les estivants, les enfants qui couraient dans l'eau. Le fait que son assistante tentât d'exciter sa mauvaise conscience le faisait rire. Il était juge, il savait encore mene'r une affaire sensible dans les règles de l'art.

— N'empêche, c'est un petit déjeuner de première catégorie, affirma-t-il en croquant dans un fourré à la viande.

— On n'attrape pas les mouches avec du vinaigre, lui répondit son assistante.

Viktoria mâchouillait un autre croissant, un rictus de dégoût sur le visage. Décidément, il lui avait suffi de deux nuits dans la démocratie hellène pour révéler sa véritable nature. Dure, entreprenante et sanguine, comme une spécialiste des affaires humanitaires.

— Dites-vous bien que lorsque vous faites de bonnes œuvres, il y a une règle d'or... Être visible et faire connaître la moindre de vos initiatives. Regardez un peu comme vos amis de l'Arcadia s'y prennent ! Regardez donc cette tablée ! On dirait le mariage d'un prince du pétrole...

Un serveur déposa des cafés sur leur table. De petites mains ajoutaient toujours plus de plats sur le buffet, elles remplissaient de café les cafetières et de pain les corbeilles. Même les fleurs semblaient avoir été changées trois fois depuis leur arrivée.

— Or, dans ce chantier, une seule chose compte vraiment, lui dit-elle, avoir son propre camp de déplacés. C'est le Graal, le cœur de cible de toute organisation humanitaire. Quoique cela fasse partie du standing minimal.

Une façon de maître d'hôtel passa à côté de leur table pour proposer un petit plongeon dans l'une des piscines (il faisait déjà si chaud).

— Je vous remercie, lui dit-elle.

Et le maître d'hôtel s'éloigna discrètement vers la table d'à côté. Alors elle put reprendre :

— À la frontière, au nord, vous avez le camp d'Idoménée. Déjà entendu parlé ?

— Non.

Grimace de Viktoria.

— Pas de morale avec moi, je t'en prie. Dis-moi simplement de quoi il s'agit.

— Le tableau est simple comme bonjour. Mille ou deux mille déplacés. Un gouffre, un volcan d'immondices. On dort à même le sol, parqué le long des voies ferrées. On mange, on chie, on crève sous des tentes qui coulent comme des radeaux.

— Et alors ?

— Eh bien, il est question de fermer ce camp dans les semaines à venir, pour des raisons d'hygiène élémentaire. Et de communication. L'effet est déplorable.

— Très bien. Mais qu'est-ce qu'on fait des déplacés ?

— Justement, avant de savoir qu'en faire « sur le long terme », la ville de Salonique est pressentie pour servir de base de repli temporaire à ces pauvres gens. Mais la municipalité panique à l'idée de voir débarquer tout ça. Et l'Arcadia entend bien en profiter. Ça lui ferait une dizaine de camps en tout. Autant dire un jackpot.

— Viktoria, ce n'est pas la peine d'en rajouter !

Autour d'eux, la salle se vidait. Les gens avaient mangé, ils avalaient une dernière gorgée de café et partaient en direction de la mer. D'autres, l'infini dans le regard, se séchaient avant d'enfiler leur costume, d'entrer dans la salle de conférence et de parler de la crise des déplacés.

— Selon un rapport conjoint d'Europol et d'Interpol, le trafic de déplacés aurait généré entre cinq et six milliards de recettes. Une étude du Transnational Institute estime que le marché de la sécurité des frontières s'élève à quinze milliards et devrait atteindre plus de trente milliards d'ici cinq ans. Cela nous oblige. Vous comprenez ? Nous ne pouvons pas laisser filer l'argent sans regarder où il va vraiment.

Sigmund resta ainsi, deux ou trois minutes, à songer à la mer et aux corps des femmes plongées dedans. Il déchiqueta quelques débris de croissant dans son assiette. Puis il se leva, sortit au bord de la piscine et observa les vacanciers. (Plongeon parfait, brasse élégante.) Il lui restait un fond de café au lait trop sucré entre les mains. Il n'avait plus faim. Il ne voulait pas sombrer dans la piscine. Il allait bientôt falloir s'installer dans la salle de réunion. Aucune idée — il n'avait aucune idée de ce qui l'attendait.

Quelques minutes plus tard, les bras chargés de documents fournis par une hôtesse, le juge prit ainsi place au troisième rang. Sur la table du panel, il vit les bouteilles d'eau et de jus, les casques pour la traduction et découvrit les pancartes avec le nom des intervenants. Il s'amusa de la complexité des noms grecs. Puis à l'extrême droite, en petites capitales noires, il lut ceci :

ANGÈLE BRANDT
ARCADIA, *General Counsel*

Le juge dut laisser tomber les brochures de présentation à ses pieds. Un brasier dévore les forêts pendant des mois, se dit-il. Des tremblements de terre font des centaines de milliers de morts. De grandes vagues engloutissent des villes. Quelques kilos de plutonium suffisent à détruire toute trace de vie. Dans la salle de conférence de l'hôtel, en face de lui, au milieu de la table, cette pancarte blanche, couverte de petites capitales noires, avec ce sigle, ce prénom, avec ces mots qu'il arrivait à lire et dont il comprenait le sens, n'était pas moins destructrice. Mais le juge Oropa n'en déchiffra pas les implications sur le moment. Il aura fallu la voir (et ce n'est finalement qu'en la voyant), Angèle, cette terrible Angèle — il aura fallu la voir entrer sur scène pour que le désastre s'ouvrît à lui.

Elle portait une robe noire très décente, ses cheveux étaient ramassés en chignon. Elle était froide et concentrée. Il sentait de petits picotements le long de ses phalanges. Ses mains remuaient au bout de ses deux bras. Les particules de son cerveau entraient en lévitation, elles enflaient, elles se démultipliaient, elles se tordaient et dégoulinaient le long de ses veines. Sa tête aurait pu chuter au sol comme la boule dans le panier d'une guillotine. Sigmund était à genou. (Angèle, juste au-dessus de lui, sur l'échafaud.) Angèle était là. Sa présence était indiscutable (aussi indiscutable que l'espace qui les séparait, aussi indiscutable que cette mer qu'il voyait s'agiter au loin, ou cette moquette rose sur laquelle reposaient ses pieds). Il la ressentait partout dans ses membres, elle irriguait chaque partie de sa chair, elle pénétrait à l'intérieur de ses cellules, elle fit le tour de chaque atome, pour remonter jusqu'à sa figure et venir taper dessus.

Le juge ferma les yeux. (Boire de l'eau.) Seconde après seconde. Minute après minute. Le temps passa ainsi (ou fallait-il dire des siècles ? Des années-lumière ?). Il entendit une vague agitation. La réunion devait commencer. Il avait froid et chaud. Ses oreilles bourdonnaient — plus que de la nausée, c'était comme s'il malaxait une boule de pétanque au fond de la bouche. (Il n'était plus qu'un stand de tir au milieu d'une fête foraine.) Il voyait ses pensées, son corps se démembrer. Des morceaux de sa vie se détachaient les uns des autres. L'intérieur sortait à l'extérieur et l'extérieur rentrait dedans. Le haut devenait le bas, la table grimpait au firmament. La mer avait l'air d'un champ de pierres, son passé constituait l'avenir — son plaisir, c'était l'angoisse, sa présence, une torture.

Sigmund se passa la main sur le visage. La révolte montait dedans. Il y avait quelque chose d'incompréhensible, voire d'inacceptable. (Le juge se le disait, il n'arrêtait pas de se le redire.) Angèle n'avait rien à faire ici. Absolument rien. (Comment ? Par quel concours de circonstances ?) Si on lui avait annoncé que l'univers s'était effondré, le juge n'aurait pas été plus scandalisé. Cette femme ne respectait pas les règles élémentaires de la physique. Sa présence était une anomalie, aussi saugrenue qu'un piano au milieu d'un champ de pommes de terre, ou qu'une clé anglaise dans un nécessaire à couture, Angèle n'avait rien à faire ici. De quel droit faisait-elle ainsi irruption dans sa vie ? En face de lui, dans le camp adverse. (Elle aurait au moins pu le prévenir.) Et plus il se le répétait, plus il enrageait. C'était une colère froide d'abord. Une colère profonde et entêtante, qui se mua presque aussitôt en honte. Honte de ne pas avoir vu le coup partir. Honte d'être le jouet de cette situation.

À l'autre bout de la salle, le juge entendit une voix qui grommelait.

— On estime leur nombre à deux mille cinq cents, voire trois mille.

L'anglais était déplorable.

— Mais les chiffres varient tous les jours.

Sigmund regarda dans la bonne direction. Il fit la mise au point. Un vieux monsieur portait des bretelles et des tatouages (une sorte d'iguane ou de salamandre), des bracelets aux poignets et des lunettes rondes. Sur la petite pancarte apposée devant cet homme, le juge put lire : « Sarkis Papastathopoulos, maire de Salonique. »

— Ce qui est sûr, précisa celui-ci, c'est que le bataillon ne fait que grossir. À ce rythme, on aura bientôt dix, quinze, voire vingt mille déplacés coincés dans la région... Même s'ils n'ont aucune intention de rester chez nous, il faut bien prévoir comment les loger, les soigner. Un peu de pain, de l'eau, des toilettes. Le minimum... Pour l'heure, il n'y a rien. Et cette situation est inacceptable.

La veille, Sigmund avait vu des gens dans la rue. Il avait vu les plats de riz et de légumes passer de main en main. Il se disait que l'Union avait dû débloquer quatre ou cinq cents millions pour parer à l'urgence. Le juge l'avait lu, c'était de notoriété publique. Comment prétendre qu'il n'y avait rien ? Comment oser dire qu'il n'y avait pas d'argent ? Il avait bien dû passer quelque part, cet argent.

— Seuls, nous ne pouvons rien faire ! reprit le maire après une longue gorgée d'eau. Le pays a besoin d'argent, de beaucoup plus d'argent...

Dans la tête du juge, ces paroles du maire opéraient une sorte d'effet retard, ou de contorsion inverse. Il entendait le petit déclic à l'intérieur. Une démangeaison nerveuse, des secousses, un grincement. Sigmund poussait une porte qui ouvrait sur une autre dimension. Il voyait la toute petite lumière, au bout du couloir, qui vacillait, la toute petite lueur qui servait d'appât pour le faire entrer dans cette cage de verre et le contraindre à actionner cette grosse machine. Une à une, doucement, chaque chose reprenait sens.

— C'est la raison pour laquelle nous avons décidé de travailler avec l'Arcadia, société bien implantée dans le *facility management*... pour nous aider à faire face à la situation... et mettre en place une politique adaptée.

Lui qui n'avait jamais rien voulu voir, lui qui, une heure auparavant, aurait pu tout quitter pour s'installer ici et vivre heureux, assistait au basculement généralisé de son être. Ce qu'il avait vu, ce qu'il avait entendu, fait ou ignoré, ces semaines passées, tout changeait de perspective. Les documents qu'il avait lus, les doutes qui avaient été les siens. Tout se réactivait à cette minute. L'argent n'arrivait pas là où il devait arriver parce qu'il était détourné à la source. Là était le vrai problème. Détourné par les agents communautaires, par les différents ministères, par la mairie ou par des ONG. Par tout le monde. (On se servait généreusement.) Le juge commençait vraiment à comprendre ce qui se passait. Aussi surprenant que cela pût paraître, ces vies de rien, ces vies désolées, ces vies de fuyards étaient devenues encore plus lucratives que la revente d'armes et tous les trafics réunis. C'était la nouvelle poule aux œufs d'or des crapules associées. L'Arcadia voulait ce marché. Angèle elle-même n'était pas là par hasard. Non. Il le voyait bien. Elle hochait la tête, elle flattait son hôte, en souriant. Ses boucles, ses yeux, sa poitrine, ses mains le long du visage, ses lèvres et tout son corps — tout en elle respirait la duplicité. Dans une ou deux secondes, elle allait prendre son envol et décoller sur cette parfaite rampe de lancement. (On voyait déjà ses ailes en train de se gonfler.) L'objectif était de planer au-dessus de la misère pour faire valoir son approche logistique de la crise. Et tenter de rafler la mise coûte que coûte.

Oropa se pencha vers son assistante.

— Je crois qu'il est temps de se mettre sérieusement au travail, lui dit-il au creux de l'oreille.

Le juge, le regard dur, la mâchoire serrée, leva la tête en direction de son ennemie. Si Angèle était là pour lui, il saurait s'élever contre elle.

La General Counsel d'Arcadia s'éclaircissait la voix. (Angèle et Sigmund. Sigmund et Angèle. Une histoire suffisamment longue et douloureuse pour qu'ils finissent par se retrouver au centre de l'échiquier lors d'un combat à mort.) Elle mit en ordre ses papiers, s'assura que son micro marcherait et se jeta à l'eau.

Madame Brandt commença par remercier ses généreux donateurs, qui « nous font l'honneur d'être parmi nous ». Monsieur le Maire, « qui nous fait l'honneur de nous recevoir dans cette si belle ville » et les agents du Fonds pour les déplacés, « qui accomplissent un travail formidable », ainsi que tous les bénévoles, « ceux qui sont dans la salle et les autres, qui ont dédié leur vie au terrain ». (Ouverture classique.)

Angèle se livra ensuite au plaidoyer en faveur du plan d'aide d'urgence. Une longue et lente vague de chiffres et d'organigrammes déferla sur l'auditoire. Sigmund respirait en même temps que les statistiques. Son cœur battait, il se déformait. Selon la terminologie idoine, la General Counsel déclarait que son plan était ambitieux —

en quoi il fallait entendre : cher, coûteux, onéreux, hors de prix, exorbitant et qu'il avait vocation, ipso facto, à être financé par l'Union. Pour ce que le juge en comprit sur le moment, l'idée était d'utiliser une dizaine de bases militaires désaffectées, d'usines ou d'entrepôts de la région pour y accueillir les milliers de pauvres déplacés (ce qui par définition coûtait beaucoup d'argent).

— Mais avec l'aide de toutes les bonnes volontés, dit Angèle, on peut soulever des montagnes.

En gage de bonne volonté, l'Arcadia proposait de débloquer deux millions et demi sur ses fonds propres, pour la mise aux normes de l'hygiène du seul camp de Softex, où quelques familles de déplacés avaient déjà été installées. Ce qui sembla favorablement accueilli par l'auditoire, mais qui parut être une proposition fallacieuse au juge. Non pas seulement parce que ces fonds étaient in fine d'origine communautaire, mais surtout parce que la somme représentait une broutille au regard des dizaines de millions que versait l'Union à toute structure à laquelle elle confiait la gestion d'un camp, objectif que poursuivait précisément l'Arcadia. En ce sens, on aurait pu dire que l'offre en apparence généreuse d'Angèle s'apparentait à une forme de tour de passe-passe.

Madame Brandt assurait que ses camps seraient aux normes (la moindre des choses), qu'on accueillerait les gens dans des milieux sains (eh ben voyons !), qu'on leur donnerait de l'argent (et qu'ils pourraient s'acheter des friandises), parce que tout le monde avait le droit de vivre dans des conditions décentes. Un tableau idyllique. (Elle se passa la main dans les cheveux. Elle but une gorgée d'eau.) Angèle avait l'air satisfaite d'elle-même. Elle affirma que ses établissements seraient contrôlés par des structures indépendantes et les appels d'offres réalisés dans la transparence la plus totale. (Angèle souriait maintenant. Elle était presque joviale.) La surveillance serait supervisée par l'armée. Les mères pourraient accoucher dans des conditions acceptables, les enfants auraient droit à l'éducation, ils pourraient lire, jouer et dormir dans un lit propre.

Angèle parlait bien, elle était brillante. Elle illustra son discours de quelques dizaines d'images projetées contre un écran : les différents sites, les projets d'aménagement. Elle présenta les grilles, les chiffres, les tableaux, elle parla de flux, de rations journalières, d'objectifs, de capacités d'accueil à moyen et long terme, de projets à venir. Pour finir, elle fit passer quelques portraits des démunis auxquels il fallait venir en aide. Ils étaient aussi sales, fatigués, mal habillés et tristes qu'Oropa pouvait se l'imaginer. La General Counsel était sûre d'elle, combative, professionnelle — jusqu'à la nausée. Oropa se dit que c'était sans doute à ce prix que l'on pouvait monnayer l'accueil des vies à la dérive.

Mais il y eut surtout cette phrase. Cette phrase étrange qui siffla longtemps dans l'oreille du juge. Elle s'infiltra sous sa peau, traversa le derme, rejoignit le système nerveux central et irrigua tout ce que son organisme comptait de veines et de nerfs, pour finalement se loger à la racine de sa conscience où elle tourna en boucle. Angèle déclara :

— Il y a quelques décennies, Salonique était ceinturée de marécages. Dans les années soixante, le paludisme sévissait toujours. Ces questions de santé intéressent les populations locales, naturellement... Le typhus, les hépatites, les maladies virales... Il n'appartient qu'à nous de faire en sorte que ces calamités ne se réactivent pas sur le territoire. Il y a beaucoup de rats dans la ville. Et les risques encourus ne sont pas minimes. Je préconise à ce titre un grand programme de dératisation dans toute la région.

Sur le moment, Oropa ne parvint pas à la déplier dans ses moindres détails. Il lui fallut quelques minutes supplémentaires pour qu'elle pénètre la partie de son cortex dévolue à l'analyse silencieuse des syllogismes. La phrase fut alors traversée par le regard oblique de la pensée, qui en toute chose découvre les significations les plus obscures. Et, de l'un à l'autre, marchant comme un crabe, Oropa finit par se révolter. Il n'était pas trop tard. Jamais trop tard. Rien ni personne n'avait jamais dit qu'il était trop tard. On pouvait encore faire des choses (tant et tant de choses). Prendre la situation en main, se battre ou agir contre l'injustice. La nature de cette mise en parallèle faite par la General Counsel était révoltante. (Voulait-elle signifier qu'il y avait des rats parce que les déplacés étaient de retour ? Ou que les rats allaient mordre les habitants de Salonique ? Qui voulait-elle protéger ? Qui devait-on libérer ? Cette femme se prenait-elle pour un empereur, ou pour un joueur de flûte ?)

Le moment rituel des questions du public arriva à point nommé. Quelques journalistes levèrent la main. La General Counsel dissipa les zones d'ombre avec des termes techniques. Deux ou trois remarques des membres du Fonds communautaire pour les déplacés laissèrent entendre que l'Union voyait d'un très bon œil l'idée d'une solution rapide, pilotée par n'importe quelle structure, pourvu que ce ne fût pas la robuste et incertaine bureaucratie hellène — y compris une jeune ONG, lorsqu'elle présentait tous les gages de la bonne foi —, une structure comme l'Arcadia.

— Pardonnez-moi, Madame !

Un autre doigt se leva dans l'assistance.

— Oui ?

— Klaus Kempf, AWB.

Le jeune homme, responsable de cet organisme humanitaire bien connu, était assis à deux sièges du juge, sur la droite. Il avait un corps d'athlète, les cheveux coupés ras, des yeux de fouine d'un bleu azur).

— L'organisation que je représente propose de verser trois millions pour la réfection du camp de la Softex, là où vous ne proposez que deux millions et demi. Qu'en dites-vous ?

— Voyons, monsieur, nous ne sommes pas dans une salle de ventes aux enchères !

La guerre entre les agences non gouvernementales s'étira ainsi pendant quelques minutes (le tout dans un anglais d'école de commerce), avant que le micro ne vienne échoir entre les mains du juge.

— Chère Madame...

Malgré l'expérience, malgré le bagou, Oropa parlait d'une voix peu assurée et chevrotante. Angèle fit comme si elle ne l'avait pas reconnu.

— Permettez-moi de vous féliciter pour cet exposé, qui m'a paru d'une grande clarté. Je tenais avant tout à vous en remercier... (Une sueur au creux de ses mains, des picotements dans la mâchoire, le sentiment de souffrir infiniment et de s'effondrer sur lui-même.)

Ses résistances étaient en train de brûler.

Oropa eut l'idée de dire qu'il trouvait la visualisation des flux de déplacés particulièrement parlante. (Angèle ne réagissait toujours pas.) Alors il eut cette phrase, qui sembla faire de l'effet sur l'auditoire :

— Mais permettez-moi de vous dire... en revanche... Madame... que l'association de la migration à la maladie... Sous couvert d'humanisme... on finit par dire des choses étranges.

Il y eut un court silence. Comme si la voix du juge avait creusé une faille dans le dôme de l'assistance. Sigmund avait le sentiment d'être l'oiseau d'une espèce rare dont on cherchait la trace depuis des décennies. Aucun mouvement d'Angèle. Peut-être sa voix n'avait-elle pas réussi à porter jusqu'à elle, ou planifiait-elle en silence le moyen le plus sûr de faire disparaître ce juge de la réunion.

— Permettez-moi de vous faire remarquer (Angèle regardait le public en général, sans poser les yeux sur lui) que le centre de contrôle et de prévention des maladies de Salonique est sur le point d'interdire le don de sang dans plusieurs communes de l'agglomération pour cause de paludisme... Précisément celles où il y a des déplacés et celles où l'on va en accueillir.

On aurait dit qu'elle s'adressait à quelque esprit récalcitrant qui n'aurait pas bien écouté la leçon.

— Vous ne vous êtes sans doute pas rendu sur place, mais l'atmosphère est putride. Certains des sites sont cernés par des montagnes de déchets, des friches industrielles et des champs vaseux. On ne saurait être trop prudent avec l'hygiène des déplacés. Sofia Antal, de la polyclinique de Salonique, a lancé un signal d'alarme.

Elle observe une recrudescence de maladies jusqu'ici inconnues dans le pays.

Si Angèle était mauvaise, si elle cherchait à lui faire du mal, il ne fallait pas simplement se protéger, mais lutter pied à pied contre elle.

— Excusez-moi, Madame, mais depuis le début de la crise, savez-vous au juste combien de centaines de millions le Fonds spécial de l'Union a versés à la région ?

— Environ trois cent soixante-treize millions.

— Et combien le Fonds communautaire d'intégration des ressortissants de pays tiers a-t-il versé ?

— Cela doit s'élever à quatre-vingt-dix-huit millions.

Viktoria faisait bloc avec lui.

— Et le Fonds pour le retour, qui finance des programmes visant au rapatriement des déplacés ?

— Quelque chose comme cent soixante-deux millions.

— Et le Fonds pour les frontières extérieures, qui finance des projets et des actions de surveillance des frontières extérieures des pays membres ?

— Environ cent soixante et onze millions.

— C'est bien ça. Additionné, cela doit faire huit cents millions... rien que pour ces trois fonds communautaires.

Les yeux d'Angèle s'ouvraient, ils se fermaient. Ses cils devaient être maquillés. Elle bougeait la main, elle la repliait. (Oropa, dans sa tête, à cette minute, eut alors la vision des dix années à venir : la harceler, la suivre jour et nuit, l'inquiéter sur tous les fronts, mettre en danger ses enfants, les menacer, pourrir sa vie, gratter à sa porte, ronger ses secrets, manger ses vêtements, mordre, digérer ce qui composait sa vie, matraquer toutes sortes d'êtres et d'objets pour peu qu'ils constituent l'assise de son existence. Oropa serait toujours là pour la rendre malade et folle, si elle refusait de le laisser tranquille et de déserter la place.)

— Oui, c'est bien cela. Environ huit cents millions... Pardonnez-moi, mais je ne vois pas où vous voulez en venir.

— En comptant les bonus, tout ce qui vient d'autres enveloppes ou d'autres pays, sans trop exagérer, on atteint le milliard. Vous êtes d'accord avec moi ?

— Pas tout à fait.

— Ne chipotons pas... Notre commissaire aux déplacés et aux affaires intérieures a déjà confirmé ce chiffre.

— Il exagère toujours.

— Ne dit-on pas que cette crise des déplacés est la plus chère de toute l'histoire ?

— C'est aussi la plus grave. Je vous prie de ne pas l'oublier.

— Et vous venez nous parler de maladie ?... De palu, de typhus et de mort-aux-rats ? Il y a un milliard dans les tuyaux ! Et vous venez nous dire que ces pauvres gens sont vecteurs de maladies ? Vous êtes tout de même de drôles d'humanistes.

— Mais de quoi parlez-vous ? Personne n'a jamais dit cela. Nous ne sommes pas au Moyen Âge. Il s'agit juste de prendre quelques précautions. C'est un principe élémentaire qui s'impose à tout homme de bonne volonté...

Angèle était de l'autre côté du miroir, dans une partie du temps qui n'existait pas, dans une zone de l'existence à laquelle le juge n'avait pas accès. Elle était entrée en extase comme une Marie Madeleine, elle déployait ses membranes, elle vibrait dans les couches supérieures de l'atmosphère. Sigmund n'arrivait toujours pas à l'atteindre.

— Pardon de vous le rappeler, Monsieur, mais il me semble que cela fait partie des prérogatives de l'Union, de venir en aide aux populations défavorisées. Vous le savez… Vous le savez aussi bien que moi, je suppose ! Ou travaillez-vous contre vos intérêts ?

ASYLUM

•

Angèle et Sigmund avaient passé l'un de leurs derniers moments d'amour en terres hellènes, dans la maison désolée d'une vieille tante recluse en villégiature. Ils avaient vingt ou vingt et un ans. Angèle ouvrait une bouteille de vin apportée de Paris et présentait une assiette ébréchée de quatre-quarts que la vieille dame aux yeux jaunes, prostrée sur son fauteuil, paraissait sanctifier. La chaleur de cette maison était malsaine, les moustiques omnipotents. La vieille tante égrainait ses ennuis d'une voix monocorde. Sigmund était heureux comme jamais.

— Et peut-on savoir ce que fait ce jeune homme dans la vie ?

Angèle lui caressait la main. C'était sa femme, sa douce et tendre femme. Il la regardait, plus grande que l'océan, plus belle que les montagnes. (C'était la souple croyance en l'éternité.) On s'était baigné et baigné de nouveau. Angèle avait le ventre plein de sel. Une peau brumeuse et infinie. Enfin, l'injustice et l'enfer de sa culpabilité étaient réparés. Enfin, il devenait quelqu'un. Il serait l'époux céleste, le gendre, le fils par alliance, le préféré des dieux.

Mais de retour à Paris, dans un café de la rue de Seine, autour d'une eau tiède, Angèle le raya de sa vie. Sigmund resta muet. Ses bras pendaient. Sa lèvre séchait. Il n'avait plus de corps. En une phrase, sans pitié, sans raison valable, elle l'avait rayé de sa vie.

Les semaines qui suivirent leur séparation, Sigmund espérait encore le retour de sa princesse. (Les temples antiques, les forêts vierges, les églises romanes, rien de ce qui est grand ne disparaît jamais.) En rentrant dans sa chambre de bonne, il s'imaginait la retrouver assise devant sa porte, en train de l'attendre. Il lui envoya des lettres. Passionnées, révoltées, fébriles, des lettres inspirées, ravagées ou poétiques, des lettres extravagantes, mesurées ou sexuelles. Il voulait simplement la serrer fort entre ses bras. Angèle ne lui écrivit qu'une fois. Une seule et petite fois, sur le dos d'une carte postale honteuse où il devina la forme d'une pagode verdie par la lumière du soleil — et dans laquelle elle lui parlait du temps qu'il faisait en Asie, de la mousson qui n'en finissait pas et de son corps qui se diluait (absolument insensible à sa souffrance à lui).

Lorsqu'il apprit qu'Angèle avait rencontré un autre type, Sigmund s'imagina comment s'y prendre pour lui vider les tripes dans le caniveau et les donner à manger aux bêtes. Il voulut appeler certains amis de son père, mais s'en prit finalement à lui-même et une paire d'ambulanciers le firent interner dans une maison de repos de la région parisienne. Et c'était là, dans cet asile, que Sigmund se sentit le mieux. Les infirmières l'appelaient « petit bonhomme » en le tenant par la main. Sa mère venait dormir dans sa chambre. Elle se perdait dans les couloirs après être descendue à la cafétéria. Il fit l'amour à quelques voisines de couloir, il eut de grandes discussions avec un psychologue, puis il remit un pied dans la vie réelle, prêt à faire le tour du continent.

En poussant la porte de la polyclinique de Salonique, Oropa chancela très légèrement. Le hall d'entrée était sale. Les patients se déplaçaient en claudiquant. Il se fit passer pour un malade ordinaire. On le reçut sans états d'âme. Il s'assit, avec sa vieille mallette et sa chemise blanche. Il ferma les yeux pour entendre le doux vacarme qui accompagnait l'entrée en salle des nouveaux malades dans le dispensaire. Quinze ou vingt vieilles dames, de jeunes messieurs, des enfants accompagnés de leurs parents, quelques déplacés reposaient sur des banquettes de bois clair. Une femme enceinte roulait sur elle-même, les cannes râpaient le sol, les fichus sur la tête des dames chuintaient. Sigmund avait presque faim. Il se sentait faible.

Quelqu'un s'approcha. Dans un anglais confus, on invita Sigmund à pénétrer dans ce qui devait servir de cabinet. Un petit bureau usé, une étagère en kit blanc où s'étalait une dizaine de plaquettes de médicaments, des compresses et des outils dont le juge ne connaissait ni le nom ni la fonction. La table d'auscultation avait dû faire le tour du monde avant d'atterrir à la polyclinique de Salonique. La dame qui s'installa en face de lui portait un badge sur lequel on pouvait lire « Docteur Sofia Antal ». Elle regarda le juge droit dans les yeux, avec une douceur presque angélique. Elle lui prit la tension, l'ausculta, le fit tourner sur lui-même et le tâta un peu partout. (Des mains très délicates.) L'empathie qui émanait de cette femme aurait suffi à apaiser une hyène. Sa petite voix tremblait. Elle avait des cheveux qui ressemblaient à des plumes. Son corps flottait dans le cabinet. Ses questions étaient dénuées de toute forme d'agressivité. Sigmund se dit qu'elle aurait pu sans conteste figurer sur une allégorie de la Charité. Mais le fait qu'elle lui dît que tout n'allait pas si mal déçut le juge.

— Je crains que ce ne soit pire, répondit celui-ci. Enfin, je veux dire que je ne suis pas là pour cela, docteure Antal... Mais dites-moi, est-ce que c'est toujours aussi plein ici ?

— Un peu moins le dimanche...

— Je sais que vous avez pour mission d'accueillir et de soigner les populations en transit.

— Oui, aux côtés du système national.

— Et votre établissement touche de l'argent pour cela ?

— En principe, oui.

— Et...

— Nous attendons encore.

— Les gens dans les rues... la maladie... les rats... Quel est votre avis sur la situation en général, docteure Antal ? Répondez-moi franchement. Je ne vous jugerai pas.

Sigmund n'avait pas assez dormi. Il peinait à faire le tri dans ses pensées.

— On m'a dit, docteure, que vous aviez affirmé que la recrudescence des maladies était due à l'arrivée de populations nouvelles sur le territoire.

— Moi ?

— Pourquoi y a-t-il autant de rats par ici ? Je veux

dire... Pour quelle raison y en a-t-il beaucoup plus ici qu'ailleurs ? Et pourquoi ces malades font-ils la queue devant votre dispensaire ? Certaines personnes pensent qu'il y a un lien, un lien avec les migrants... Parce que les poubelles sont éventrées... que les rats viennent les manger... et que les rats donnent la maladie. Mais que les choses soient claires : moi, je ne l'ai jamais dit. Je n'ai jamais dit qu'il y avait plus de maladies à cause des gens des rues... Les rats ont des personnalités fort complexes. Ce ne sont pas des gens comme vous et moi. Et ils sont difficiles à éradiquer.

Sofia Antal ne put refréner un petit sourire. (Voir le juge en crise avait quelque chose de charmant.)

— À propos, savez-vous que l'Union nous a interdit d'utiliser les biocides qui, jusque-là, nous permettaient de les éliminer par centaines de milliers ? Les produits qu'elle préconise sont moins efficaces. Ils respectent l'environnement. Mais ils sont moins efficaces.

Le soir tombait. Les ombres bougeaient. Il y avait du bruit. Des cris, des rires et des paroles confuses dans le dispensaire. La docteure continuait d'écouter. Alors le juge se mit à lui avouer ses peurs, ses torts, sa bêtise et énonça sa triste fatalité — la fatalité tragique de son destin. Un juge qui s'imaginait pur et qui n'était qu'un être humain. Comment savoir si la présence de cette femme altérait son jugement ? Comment savoir s'il était juste ? Comment savoir s'il s'était permis de prendre la parole avec de bonnes raisons de le faire ou parce que c'était elle, Angèle, qui représentait, comme sortie d'un chapeau, les intérêts de cette ONG ?

— Je pense qu'il vous faut du repos, Monsieur Oropa. C'est tout. Quelques jours de repos. Et ça ira mieux.

Un frisson parcourut le juge. (Sans doute ressentait-il à cette minute la crise qu'on appelle rage ou désespoir.) Au moment de le raccompagner à la porte du cabinet, elle lui dit :

— J'ai rencontré madame Brandt. Elle accomplit un travail formidable. Elle est très investie. Et c'est rare dans ce milieu.

Sigmund se retrouva dans la rue, quelque part. Il regagna la mer à tâtons, s'en éloigna, se reposa sur un banc, marcha encore. Il avait mal à la tête. Il se tenait le visage. Il monta dans un taxi qui longea le front de mer. Sigmund vit au loin la vieille tour blanche qui avait servi de prison et qui faisait désormais office de point de ralliement pour les touristes dans la ville.

Il s'installa à nouveau face à la gare. Il tourna les pieds en rond, dans le gravier autour de sa chaise, en raclant au sol. Il commanda deux cafés et puis de quoi manger. Il fuma surtout. Une seule chose le tracassait vraiment : était-il encore quelqu'un ? Avait-il un avis — un avis qui comptât, un avis d'importance ? Était-il encore quelqu'un dans la géopolitique du monde actuel ? Lui, Sigmund Oropa, ce chevalier insignifiant, parqué dans son placard de l'Office à rédiger des rapports non contraignants sur de supposés détournements de fonds communautaires ?

Il se mit à rire tout seul en levant la tête. Il contempla la cime des arbres. Le ciel, les oisillons qui voltigeaient de branche en branche. Les acacias, les orangers, tout embaumait. En un sens, la situation n'était pas si désespérée. Il sentait qu'il avait eu raison. Raison de tenir tête à Angèle, raison de ne pas se laisser faire, raison de dire tout haut ce qu'il pensait. Sigmund résolut donc de faire un pas supplémentaire et se remit en selle.

SOFTEX

•

Le matin du jour suivant, Yorgos attendait en bas de l'hôtel. Diplômé d'histoire, il connaissait sa région sur le bout des doigts et avait toujours rêvé d'enseigner — le destin avait fait de lui un chauffeur de taxi. Son véhicule ressemblait à un tracteur. Il produisait un bruit de tank et crachait un panache de fumée noire. Le juge s'assit sur une banquette déstructurée qui sentait le tabac froid. Toujours aux aguets, lent et maladroit, le licencié d'histoire agitait sa grosse tête de droite et de gauche. Au bout de deux cents mètres, il paraissait déjà perdu. Mais il parlait, chantait, riait tout le temps. Et c'est avec ce type que Sigmund allait mener sa croisade.

Pour commencer, ils prirent la direction de Sindos, banlieue misérable de l'agglomération de Salonique.

— Ce n'est plus qu'un faubourg, mais son histoire est glorieuse, précisa le guide. Xerxès Ier, le grand roi perse, en pleine campagne contre les Hellènes, a arrêté sa vaste flotte à cet endroit. Dans les années quatre-vingt, en creusant un parking, on est tombé sur une nécropole ancienne, aux sépultures saturées d'or.

Sigmund regardait la mer. Yorgos montrait du doigt une petite porte verrouillée, au milieu d'un parc envahi par un campement sauvage de déplacés.

— C'est là... juste là... Les tombes sont en dessous.

La voiture traversa une friche industrielle, des rues aux entrepôts désaffectés, des terrains vagues, pour finalement approcher d'un fleuve aux eaux violettes. Yorgos affirmait maintenant qu'Hercule, à la recherche des pommes des Hespérides, aurait affronté à cet endroit le fils d'Arès, qui construisait un temple avec des restes humains. Et puis une société privée, dans les années cinquante, avait tiré neuf cents kilos d'or pur des eaux de ce fleuve.

— Drôle de concours de circonstances, vous ne trouvez pas ?

Sigmund ne jugea pas utile de répondre.

— Imaginez, poursuivit le chauffeur, ces déplacés seraient millionnaires à l'heure qu'il est... s'ils avaient eu l'idée de se mettre un tamis entre les mains au lieu de pleurnicher.

Et il riait, il riait.

Le camp de Karamanlis était à deux pas du fleuve, à quelques kilomètres de cette nécropole pleine d'or. Un hall — apparemment une ancienne manufacture de cuir, coincée entre un revendeur de pièces détachées pour poids lourds et une usine de chaussures — allait servir à accueillir des populations migrantes venues de la frontière de la Macédoine. Du sol remontaient des générations de substances chimiques. Il y avait des moustiques, des sauterelles, des criquets, des termites et des moucherons. Sigmund fit quelques pas aux alentours, prit le risque de traverser le hall dont les appuis paraissaient chancelants. Du bout du pied, il remua deux boîtes de conserve vides. Quel fou dégénéré avait pu songer à faire de cet endroit une zone d'accueil pour les déplacés ? Même le fonctionnaire le plus zélé n'y aurait pas spontanément pensé.

Le taxi se rendit ensuite à l'entrepôt Frankaport, du nom d'une entreprise d'import-export qui avait fait faillite. Plus on avançait, plus Yorgos était en verve. Il n'arrêtait pas de chanter et de parler de ses femmes. Mais à Frankaport, ce furent encore les mêmes visions de désolation, le même non-sens. Tout comme à Kalochori Iladi et à Oreokastro, où le juge découvrit une ancienne manufacture de tabac en liquéfaction ; et à Diavata, une ancienne caserne militaire défoncée ; et à Vasilika, un hangar rouillé, sur une route désolée qui traversait des champs gorgés d'eau, entre une vieille marbrerie et une usine pétrochimique.

— La plage d'Epanomi n'est pas loin... Je vous y mène ?

La situation était absurde. Oropa avait le sentiment de faire une topologie de l'inacceptable. (Le théâtre de la générosité honteuse.) Et ce taxi pensait qu'il faisait du repérage touristique.

Sur une route nationale, peut-être une autoroute, Yorgos freina (si tant est qu'il pût le faire, tant son allure était lente). Il se pencha, tordit la tête, tendit un doigt.

— Là... regardez... regardez en contrebas ! Ce sont des tombes antiques. Connues dans le monde entier. Vous voulez les voir ?

Sigmund restait calme. D'après Yorgos, on avait exhumé là, en ouvrant cette route, un vase géant en bronze doré. Il figurait une scène avec Ariane et Dionysos, des faunes et des satyres. Aujourd'hui l'une des pièces maîtresses du musée de Salonique. Dans une autre tombe, on aurait découvert un vieux papyrus calciné, que des chercheurs étaient venus déchiffrer. On y avait lu les rites d'une religion oubliée. Quelque chose qui avait à voir avec les mystères d'Orphée.

Quelques mètres au-dessus de ces tombes, dans une zone industrielle désaffectée, au bord de cette route assourdissante, se trouvait un autre grand dépôt. Le juge s'y recueillit quelques instants. Là, encore, on prévoyait d'installer un camp pour des gens qui avaient fui la guerre. Que pourraient-ils bien faire ici ? Chercher de nouvelles sépultures ? Écrire des poèmes ? Méditer sur les mystères orphiques ? L'humanisme avait un drôle de revers.

À peine plus loin, en rase campagne, à quelques pas d'un lac, l'entrepôt de la Sinatex représentait le clou de la tournée. Le bouquet final.

Les villages alentour, jusque dans les années soixante-dix, étaient remplis de pêcheurs. Le lieu était connu pour la qualité de ses eaux et l'abondance de ses poissons. Le site était maintenant le plus pollué de la région. En à peine dix ans, métaux lourds de toutes sortes, eaux usées, produits chimiques, polluants, la liste était complète. Les poissons mouraient asphyxiés, les oiseaux étaient atteints de botulisme — c'est à peine s'il restait de l'eau. La Commission avait naturellement envoyé un recours contre le gouvernement au tribunal de l'Union pour ne pas avoir respecté ses engagements dans un projet d'assainissement et de réimplantation de la faune aquatique pourtant financé par des fonds structurels.

Le lac était à sec, ou peu s'en faut. Quelques oiseaux cherchaient à battre des ailes sans parvenir à s'enfuir. C'était là, dans ce trou sans nom, qui dans des siècles ne serait toujours pas assaini — là, dans cette zone noire, que l'État et la municipalité, en grande pompe et avec l'aide de l'Arcadia, entendaient installer entre dix et vingt mille personnes. La curiosité du juge n'était pas encore rassasiée.

À seize heures, le taxi approcha finalement de la friche industrielle de la Softex. Les alentours ressemblaient à un champ de bataille. Le site tenait son nom d'une entreprise qui avait produit pendant des années des millions de rouleaux de papier hygiénique. De fait, la principale station d'épuration de la région se situait à une centaine de mètres. L'odeur était au-delà du supportable. On avait implanté le premier centre « d'accueil » d'urgence de la région de Salonique à cet endroit (c'est-à-dire choisi ce qu'il y avait de plus mauvais et de plus puant, enfermé des êtres dedans et parlé tout le temps d'urgence, de générosité, de lois de l'hospitalité.)

L'Arcadia gérait elle-même cette *chose*. C'était sa fierté. Quelques centaines de familles vivaient là depuis trois mois (à titre expérimental, probablement). Un incendie avait détruit plusieurs tentes, des gens y étaient morts.

Deux jeunes hommes, à peine sortis de l'adolescence, buvaient un café en fumant des cigarettes au soleil, à côté de la porte d'entrée. Ils avaient la tête joliment proportionnée. Des costumes kaki impeccables. Deux gros dogues rongeaient des morceaux de viande à leurs pieds. Sigmund approcha. Ils se tournèrent vers lui. C'étaient les militaires chargés de surveiller le camp. Ils savaient à peine ce qu'ils faisaient. Dans six mois, tout au plus, ils iraient rejoindre les bancs de leur université. Le juge parvint à leur faire comprendre qu'il avait besoin de cigarettes, d'en allumer une, et puis une autre.

À quelques mètres de lui, il remarqua un couple en train de travailler. L'un avait un gilet rouge, l'autre un gilet bleu. De bonnes âmes, avec le sigle Arcadia floqué sur le dos (un planisphère surmonté d'un visage à deux profils). Il y avait du linge qui pendait, des langues venues de loin. Les deux humanitaires étaient accroupis au bord d'une tente. Ils distribuaient du thé ou du café. Ils parlaient, ils souriaient. Oropa vit un stéthoscope glisser sous une tunique. Un jeune garçon présentait une plaie sanguinolente, une femme enceinte tenait son ventre. L'homme en gilet rouge s'installa sur une chaise et alluma une cigarette. Le petit groupe autour du gilet bleu s'étoffait à mesure que la cigarette se consumait. Ça venait de partout — de la fièvre, une bouche ouverte, une plaie ou de la fatigue. L'homme en gilet rouge regarda sa montre et s'alluma une autre cigarette. Oropa en fit de même.

Puis le juge approcha de ce qui lui paraissait être une mère de famille et chercha à communiquer avec elle (costume traditionnel, grandes révérences, foulard bariolé). Il lui parla comme il put. Apparemment, cette mère de famille était plus heureuse ici qu'ailleurs. Bien plus heureuse qu'avant. Ses enfants jouaient dehors sans peur de se faire tuer. Une vie nouvelle s'offrait à eux.

Sigmund observa que sur les trois latrines en état de fonctionner, pas une n'était dotée de papier hygiénique. (On aurait pu croire à une blague, mais tous les stocks de la Softex avaient été écoulés.) Dans quelques semaines, le soleil allait commencer à taper fort. Il y aurait deux ou trois millions de moustiques pour attaquer ces gens sous leurs tentes. On allait tomber malade et on le resterait ; au pire, on les enterrerait là. L'atmosphère n'était pas terrestre. À peine martienne. Mais cette mère de famille prétendait qu'un avenir radieux s'ouvrait à elle et sa famille.

Une seule question taraudait le juge : où partait l'argent que détournait l'Arcadia ? Une plaque tournante mafieuse ? Quelque chose qu'aurait pu faire son père ?

Oropa fit en sorte d'assister à la distribution des repas. Il y avait du monde. On faisait la queue. (À croire que l'ordre régnait aussi en enfer.) Le fait est que les assiettes étaient recouvertes d'une mince pellicule de vermicelles (on ne pouvait pas décemment appeler cela « pâtes » ou « spaghettis »). L'aménité humanitaire.

Sigmund en avait assez vu pour la journée.

De retour dans le taxi, il demanda à Yorgos de le mener à la plage la plus proche. La route n'était pas longue. Le juge avait le bras accoudé à la portière. La plage était sublime. Plusieurs centaines de corps bariolés s'affalaient dans cette lumière déliquescente. Maillots roses ou rouges, peaux cuivrées. De jeunes couples jouaient aux raquettes, des chiens suivaient leur maître. Le juge se déshabilla. Les ferry-boats passaient au large. Des gens mouraient dans cette eau. Sa peau était blanche, ses pieds laissaient des traces sur le sable jonché de mégots. Il y avait des éclats de verre et les débris d'un feu de camp qui lui faisaient mal.

Dans une eau tiède, au large, Sigmund nageait depuis plusieurs minutes. Une brasse lourde et énergique. La côte était de plus en plus lointaine. Le juge fit l'étoile. Le soleil éclairait son torse. Il barbotait. Il se lavait. La tête dans l'eau, Sigmund vit le fond. Des poissons, à quelques mètres de sa main. Il se sentait bien. Il se détendait. Mais en retournant vers le rivage, un effet de perspective, quelque chose comme une force contraire le déstabilisa dans son effort. Il lui semblait qu'avancer le faisait reculer. (Ses mouvements le fatiguaient, mais ils ne produisaient rien.) La fatigue raidissait ses membres. Le spectacle de son propre effort déclencha une forme de suffocation. Ses bras tiraient. Des crampes, des douleurs. La tête sous l'eau, il but la tasse. Il cria, fit de grands gestes, se figea. Sa vie se mit à défiler. Sa mère, ses yeux, les chansons qu'elle lui chantait, son père, ses colères et ses surprises. Il repensa au petit corps de son frère, à la première fois qu'il fit la connaissance d'Angèle. (Angèle toujours, encore.) Angèle, au milieu d'une pièce ; elle qui le regardait ; elle qui disait son nom ; elle qui le faisait souffrir. Et là, maintenant, à cette minute, au milieu de cette lumière, avec ces vacanciers qui ne comprenaient rien, lui, le juge, commençait à voir. Il commençait à voir ce qui le rapprochait du monde — il commençait à voir ce que c'était que la fragilité d'une vie.

MANÈGE

•

Aux alentours de dix-sept heures, il y eut trois sonneries avant qu'on ne décroche.

Le standard le renvoya vers la chambre quarante-sept. Et la tonalité n'était plus la même. Une langue de soleil brûlait le fauteuil qui lui faisait face. La moquette avait des trous. Les rideaux étaient démodés. Puis il reconnut la voix. Une voix nouée. C'est elle qui dit bonjour. Il répondit bonjour.

Le souffle n'était pas naturel. (Un oiseau au couchant, un insecte sur le point de mourir, le gond d'une porte mal huilée ou un verre qui se brise sur le sol.) Elle proposa un rendez-vous, « là, maintenant ». Puis elle ajouta : « Cela me ferait très plaisir. » (À la limite du suraigu.)

Le juge raccrocha le combiné au bout d'une minute vingt. Il avait toujours ce goût de sel au fond de la gorge. Il se déchaussa, regarda la rue. Sur cette plage, il avait failli mourir. Il s'en était fallu de peu. Allongé sur la serviette, sa poitrine s'était soulevée. Il avait rouvert les yeux. À peine s'il avait envie de prendre une douche à présent, de mettre des vêtements propres. Il se regardait dans la glace. Mêmes traits, mêmes expressions — et quelque chose d'autre aussi.

Une heure plus tard, il poussait la porte à battants de l'Ad Imperial Palace. Les chasseurs, les grooms et toute cette comédie du luxe feint. La décoration rococo lui agressait les yeux. Il y avait des lustres et de fausses fresques aux murs. Par terre, du marbre blanc, tout autour des moulures dorées. On aurait voulu faire croire à un château du XVIIIe, plein de putti et d'Aphrodite, de dieux achéens et de héros antiques, dans cette partie de la ville reconstruite il y a trente ans.

Sigmund reconnut Angèle au milieu d'un petit salon rose. Elle portait une robe claire et un cardigan mauve. Ils commandèrent une coupe, puis une seconde. Angèle était affable, elle paraissait sereine et détendue. Sigmund tentait de rassembler ses idées. (Ne pas se noyer.) Elle approcha de lui. Son parfum n'avait pas changé. Son rouge à lèvres était identique. Elle se montra caressante. Presque rieuse. Elle jouait, elle le taquinait. (Trouver le courage de lui dire ce qu'il avait vu.)

On commanda une nouvelle coupe de ce vin. (Trop chaud, trop aigre, pas assez pétillant — presque imbuvable.) Angèle n'en finissait pas d'avoir des choses à lui raconter. À vrai dire, Sigmund entendait à peine les mots qui sortaient de sa bouche.

Lorsqu'il releva la tête, il se souvint de la façon qu'elle avait de faire la clown le matin, au réveil, quand elle était de bonne humeur. Il se souvint aussi qu'elle aimait par-dessus tout manger des œufs au petit déjeuner. Et de la façon piquante, souvent espiègle, qu'elle avait de s'adresser aux inconnus dans la rue ou dans les cafés.

À cette minute, la robe d'Angèle scintillait devant ses yeux, dans la lueur de la bougie. Il avait mal aux bras, la nuque crispée. La seule chose qu'il trouva à dire fut :

— Salonique me rappelle tant de choses que c'en est gênant. (Phrase dont il reconnut aussitôt la platitude.)

Angèle éclata de rire.

— Serveur ! Une nouvelle coupe s'il vous plaît !

Elle riait encore.

— Ce que tu peux être drôle !

Et Angèle l'éventa avec le menu.

— Moi aussi, ça me faire bizarre, tu sais, lui dit-elle plus doucement.

Et elle rit de nouveau en le regardant avachi sur son fauteuil.

— Mais à ce point ! Détends-toi, je t'en prie. Tu fais peur à voir.

Les deux coupes étaient servies.

— Regarde ce type, là-bas. Tu ne trouves pas qu'il a l'air d'un prisonnier ? Il traîne la patte comme s'il avait un boulet au pied.

Sigmund ne réagissait pas.

— Et celle-là, là-bas, qui fait mine d'être une grande princesse et qui ne doit même pas avoir de quoi se payer un verre... Non ?... Tout cela est vraiment trop ridicule. Reprends-toi. C'est moi qui devrais te faire la tête... Et ce couple ? Regarde, lui il fait le décontracté, mais sa femme, regarde ses yeux, regarde sa bouche. Oh là là ! J'ai l'air de ça moi aussi ? Un véritable dragon.

— Angèle... écoute-moi...

— Tu ne trouves pas que ce champagne est infect ?

— Je suis allé à la Softex.

— Oh, parlons d'autre chose, veux-tu ?

— Angèle...

Et elle lui sourit.

— Dis-moi, est-ce que ça te ferait plaisir si nous allions manger quelque chose ici ou là dans le quartier ?

Angèle marchait vite. Sigmund se calait sur son pas. La dernière fois qu'ils avaient marché ensemble — la dernière fois qu'ils avaient vraiment marché ensemble —, c'était à Paris, entre la rue de Seine et la rue Guénégaud. Sigmund remarqua sur le revers de la veste d'Angèle la broche en or qu'il lui avait offerte pour ses vingt ans. C'était une petite paire d'ailes en métal doré achetée aux puces. Ce détail piqua sa conscience.

On traversa un marché. Les commerces étaient ouverts. Sigmund sentit la main d'Angèle qui prenait la sienne, très légèrement. Il se dégagea. Puis elle tourna son visage vers lui. Elle le regarda de la tête aux pieds. Et elle se mit à rire toujours. (Mais pourquoi riait-elle donc ainsi à tout propos ? Était-elle vraiment heureuse ?)

— Lorsque je t'ai rencontré à la fac, tu étais déjà un drôle d'oiseau. Fagoté n'importe comment. Tellement maladroit. Et cela m'a touchée. Beaucoup touchée. Un mauvais garçon incapable d'être entreprenant. Pour une fois qu'on ne me sautait pas dessus.

Sigmund se disait que la première fois qu'il l'avait vue, il ne l'avait pas même remarquée. Elle dansait mal, elle ne savait pas tenir le rythme. Elle était agaçante. Il ne savait plus pourquoi il s'était entiché d'elle. Au bout de deux verres, elle racontait n'importe quoi. (Il aurait mieux fait de passer son chemin.)

— À l'époque, ce qui écœurait tout le monde, mis à part le fait que tu sois sorti avec moi, c'était la facilité avec laquelle tu réussissais tes études. Personne n'a jamais su comment tu t'y prenais. On ne te voyait jamais réviser. Jamais vu ouvrir un livre. La veille d'un examen, tu ne dormais même pas. Et puis le jour des résultats, tu étais reçu premier. Le bruit courait que tu avais menacé les profs !

Pourquoi se mettait-elle à raconter tout cela ?

— La vérité, c'est que tu apprenais vite. Avant de me rencontrer, tu faisais déjà du droit, c'est vrai, mais tu n'avais pas la moindre idée de ce que cela pouvait signifier. C'est moi qui t'ai poussé à militer. C'est moi qui t'ai poussé dans le bon chemin. Et au bout de quelques semaines, tu étais le plus acharné de tous. Toutes les manifestations, tous les meetings. Le leader incontestable. Le charisme même. J'étais fière. C'est vrai. Un peu jalouse aussi. Tu prenais toute la place. Tu avais grandi. Totalement exalté. C'était beau à voir.

Puis elle s'arrêta.

— Mais qu'est-ce qui t'est arrivé, Sigmund ?

Elle lui caressa la joue. Le juge se libéra de cette étreinte presque aussitôt. Et elle lui dit en riant (sans doute pour se protéger) :

— Si c'est tout le plaisir que cela te fait de me retrouver... autant partir tout de suite...

Et elle se remit à marcher. Sa petite robe était bleu pâle. Son gilet mauve. Sigmund était sur le point de faire demi-tour. (Tout cela ne servait à rien, cela n'avait aucun sens.) Puis il se ravisa :

— Moi... ce dont je me souviens...

Il fouillait dans ses poches nerveusement.

— C'est qu'un jour, nous nous étions promis de nous montrer les photos... quand nous en aurions...

Angèle ouvrit les yeux.

— Et... je crois bien que ce jour est arrivé.

Sigmund tira de son portefeuille une petite pile de papiers cornés qu'il mit délicatement entre les mains d'Angèle.

— Voilà ! Regarde. Ils sont beaux, non ?

Sigmund se voyait parfois comme une forêt robuste et verdoyante, cela poussait partout autour de lui ; il était grand, ses mains étaient douces, il buvait de l'eau claire. Il connaissait des gens extraordinaires, il avait repoussé les limites de la nuit, il avait réalisé à peu près tous ses rêves. Il suffisait d'arriver à le lui faire croire à elle, pour l'éloigner de lui.

— Ça, c'est Judith, ma fille cadette. Et ça, c'est Marcus, mon aîné.

— Ce qu'ils sont beaux !

Sigmund parla de son amour filial, de sa relation avec Ruth, il parla de sa fidélité, de sa foi, qui s'incarnait dans cette belle personne, de son besoin de ne pas mentir et de tout faire pour que sa femme fût heureuse. Angèle hocha la tête.

— Montre-moi d'autres photos. Je t'en prie.

Sigmund en trouva d'autres. Angèle fouillait partout. Elle interrogeait. Elle regardait.

— Et ça... c'est où ?

— Maroc... Euh non, Égypte.

— Mais dis-moi, tu voyages beaucoup. (Absolument aucune trace d'ironie dans le ton de sa voix.) Et c'est fou comme ton fils te ressemble. (Elle insiste.) Et là, c'est où ?

— Ça, c'est le lac de Constance... On y va la semaine prochaine... faire une cure.

Ton incertain, intention douteuse. De toute évidence sa phrase n'était pas claire.

— Quoi ? Qu'est-ce tu dis ?

La surprise d'Angèle était rieuse.

— Une cure avec moi ? C'est vrai ? Mais quelle délicieuse idée Sigmund... Cela me touche beaucoup. (Candeur désarmante.)

Sigmund eut la bêtise de démentir. (« Mais non, tu n'y es pas, je pars avec ma femme. On fait ça tous les ans pour jeûner. ») Ce qui décupla l'amusement d'Angèle.

— Mais enfin, Zigui, tu n'y penses même pas. Tu sais que moi aussi j'ai une famille.

Sigmund referma la bouche. Il se força à rire. Sa langue tressautait dans sa bouche. Il vit défiler les rues de la ville, les feux qui passaient du vert au rouge, les piétons qui traversaient en dehors des passages cloutés. Il vit la simplicité de ces touristes, leur aisance, leur laisser-aller. Il vit sa robe bleue, cette pâleur, sa peau et sa douce main. Le vertige gagnait du terrain. On était entouré de monuments paléochrétiens. Tout le monde était entouré de monuments paléochrétiens. La ville entière était un immense champ de monuments paléochrétiens. Des couches de foi qui s'empilaient. Les temples transformés en églises, les églises en mosquées et les mosquées en églises ou en cinémas. Et lui était là avec elle — tous les deux — dans ces rues qui défilaient, à charrier les vestiges de leur passé paléochrétien. Ça picotait les narines, ça s'embrasait à nouveau dans toute la ville. Le juge tentait d'éviter la ruine. De pleurer ou de crier de joie. Angèle était la femme dont il avait été le plus authentiquement amoureux. Et il s'émiettait, sous le choc, dans ces rues qui défilaient, en lui tenant la main.

— Ça va sans doute te faire rire, lui dit-il, mais je me suis souvenu de ta tante Marguerite, l'autre jour.

— Pauvre femme...

— Sa maison était insensée.

— Un véritable cloaque, tu veux dire. Infestée de moustiques... J'aurais fait raser tout ça sans états d'âme. (Rires.)

— Moi je m'y suis senti bien... J'en garde un très beau souvenir.

— Ah, vraiment ? Mais tu étais tellement bizarre à l'époque...

— Je suis quelqu'un de bizarre...

— Tu broyais du noir. Tu parlais de façon incohérente.

— Technique de séduction...

— Lorsque je me suis réveillée, un matin, tu avais disparu. Sans laisser de traces.

— Ah non ! Ce n'est pas possible. Tu te trompes. On est rentré ensemble.

— Je me souviens bien. Tu as été dur avec moi ces jours-là. Et tu as disparu dans la nature.

Angèle approcha encore sa bouche de son oreille et elle dit :

— Ton esprit est tordu, Sigmund, tu m'as rendu la vie insupportable... Mais qu'est-ce que j'ai pu t'aimer !

Le juge repensa à ses angoisses de jeune homme, lorsque Angèle n'était pas à côté de lui. Il ne dormait pas, il suait, il cassait une lampe, il cassait la table. Il était jaloux, effroyablement jaloux de tout ce qu'elle pouvait faire, dire ou penser. Mais il ne lui avait jamais fait de mal. Et il se dit que c'était le moment. Le moment de lui dire. De dire ce qu'il avait à dire.

On approchait d'un manège pour enfants — avec ses chevaux, ses fusées, ses tigres et ses cygnes — accolé à la dépouille d'une église. Un manège aux couleurs estompées, où tournaient des enfants sages.

— C'est merveilleux ! J'adore ce genre de surprises ! Il doit dater des années vingt.

Puis elle se tourna vers Sigmund. Elle lui prit la main, encore une fois. (S'abandonner à ce corps, tout contre le sien. Sentiment de rentrer à la maison. D'ouvrir une porte. De se libérer. L'espace et le temps semblaient abolis.)

— Mais par contre, je voulais te dire une chose...

Il y avait un peu de vent, la lumière déclinait. Sigmund se souvenait de leurs fous rires à Palerme, de leurs nuits à Syracuse, de sa petite chambre de bonne, du restaurant où ils allaient toujours.

— Tu as tout de même commis une sacrée bévue... avant-hier...

Le manège continuait à tourner. Il n'y avait pas plus de trois ou quatre enfants qui saluaient leur mère à chaque passage. Sigmund s'estompait.

— Heureusement, tu vas bientôt avoir l'occasion de te rattraper...

Le manège perdit lentement de sa vitesse, avant de s'arrêter définitivement. Sigmund avait la bouche fermée. Le silence durait. Il pensait à la frustration des enfants, aux mères intraitables, à la peur de mourir, il pensait au nombre de gens qui avaient traversé la mer, aux peuples, aux pays, aux forêts, à la tristesse d'avoir quitté sa terre.

Il ressentit même la nostalgie des lointaines contrées et répondit quelque chose de très vague, sans y penser. Puis il reprit de l'élan et recommença sur un ton plus ferme.

— Angèle... Je ne doute pas que tu sois déjà au courant... mais je suis chargé d'établir un pré-rapport sur les sociétés subventionnées par l'Union...

— Oui.

— J'enquête sur les sociétés qui accueillent les déplacés ramassés en mer. Celles qui leur viennent en aide. Tout particulièrement la tienne, ton Arcadia. C'est ton métier, c'est mon métier. Je suis là pour ça. Je suis là pour observer et rendre des comptes.

Une brise souleva la poussière sur la place du manège. La nuit commençait à tomber. Les lampadaires n'étaient toujours pas allumés.

— Naturellement... Je sais cela.

Un petit groupe de touristes égarés sur la place, à la recherche de leur hôtel ou d'un restaurant recommandé dans leur guide. Un policier leur indique le chemin en remuant les mains.

— J'ai même fait le tour des terrains autour de Salonique. J'ai vu les champs d'ordures, les rats, la pollution. Tout cela, je l'ai vu.

Pas un nerf, pas un muscle, le visage d'Angèle restait impassible.

— Et pourquoi ?

— Qu'est-ce que tu racontes, Sigmund ?

— Pourquoi ces terrains ? Cette puanteur ? Ce mépris ?

Angèle secoua la tête très calmement. Le juge se raidit.

— Mais tu crois quoi ? Ces terrains sont ignobles, je

te le concède. Mais nous n'en avons pas d'autres. Je ne suis pas le maire. Encore moins Premier ministre ou président. Lorsque tu vis de la mendicité, tu fais avec ce qu'on te donne. Et nous allons faire avec.

— Se payer grassement, descendre dans de grands hôtels, dormir dans de bons lits, manger dans de grands restaurants, faire de beaux buffets, boire des verres avec ses collègues, tous animés par un idéal commun, c'est en effet vivre de la mendicité, Angèle... Et il y a quelque chose de dérangeant, quand on prétend faire de l'humanitaire.

Angèle souriait. Comme si elle s'attendait à une réflexion de cet ordre-là.

— Un homme comme toi... Sigmund. J'admire tout ce que tu as fait. Ta carrière, ta rigueur. Mais tu perds complètement la mesure.

Le juge resserra un poing, il resserra les maxillaires, ses orteils grattaient la semelle. Une sorte d'expression bonasse, tout à fait incontrôlée, apparut sur son visage. Le manège était en train de fermer.

— Ce que vous êtes en train de mettre en place, à l'Arcadia, avec le maire, avec qui vous voulez, est tout simplement intolérable.

Angèle baissa la tête. Une dernière ombre de lumière éclairait son visage. Elle lui sourit par en dessous, elle aussi. Sigmund avait la main molle. Il faisait toujours aussi doux. Son ventre commençait à travailler.

— Tu te trompes de lutte, lui dit-elle. Ces camps... nous allons les installer. C'est une nécessité. On ne peut pas faire autrement.

Les lumières du manège venaient d'être éteintes. Une

grande bâche, sortie du sommet du chapiteau, était lâchée jusqu'au sol.

— Nous n'avons pas d'autre choix que d'accueillir ces gens quelque part. Et nous allons le faire avec ce qu'on nous donne.

— Sans doute.

— Nous travaillons dur pour que cela soit vivable.

— Mais je ne cautionnerai jamais vos petits arrangements.

— Sigmund, pour qui te prends-tu ? (Elle avait l'air si détendue en disant cela.)

— C'est ce que j'ai toujours fait, lutter contre la corruption, lutter contre l'État profond, lutter contre le mal.

— Oh, Seigneur !... Sigmund ! Seigneur ! Je t'en prie. Arrête ! Ça suffit. Tu nous en as assez fait baver avec cette histoire. Il ne s'agit pas de beaux principes. Ni d'idéaux. (Elle marqua une pause.) Maintenant, il faut agir, venir en aide, sauver des vies.

Puis elle partit d'un grand éclat de rire. Et elle reprit :

— Et puis d'ailleurs, le mal... parlons-en.

Elle le prit par les joues. Elle lui fit presque mal. Angèle avait quelque chose de triste dans l'expression.

— Toi, par exemple, toi... mon ami... à l'époque... tu as été un drôle de salopard.

Elle avait une sorte d'expression indéchiffrable (le petit déclic d'une bombe à retardement, les trois notes avant la fin d'un morceau, les sanglots en écoutant du Schubert).

— Tu faisais le militant, tu luttais pour plus de justice. Tu faisais le beau. Mais est-ce que tu y croyais tant que ça ?

Sigmund aurait aimé se scandaliser, crier, enrager. Il

ne disait rien.

— Plus j'admirais ton ardeur, plus tu t'éloignais de moi. Plus tu étais grand dans la lutte, plus tu étais cruel avec moi. J'ai cherché à t'aider, un temps. Et puis j'ai sauvé ma peau.

Les chaussures de Sigmund épousaient parfaitement la forme de son pied. Ce n'aurait pas pu être les chaussures d'un autre, mais à force d'avoir marché, il avait mal devant et derrière.

— Les déplacés n'ont pas besoin de nous pour quitter leur pays. Ils le font avec leurs semelles. (Elle se passa la main dans les cheveux.) Et nous ? Qu'est-ce que nous leur offrons ?

— Des barbelés, des drones, des bateaux militaires, des radars, des lieux de détention hyper-sécurisés, des missiles, des mitraillettes et des plats de nouilles froides...

— Ne salis pas tout, Sigmund. Ne te trompe pas de cible. Il ne tient qu'à toi de t'engager. De faire en sorte que la situation s'améliore.

Sigmund trépignait. Il avait faim. Il se vit dans son costume, trop étroit, dans ce bureau, étouffant. Que l'on puisse être mauvais tout en étant bon — Angèle ne lui apprenait rien de nouveau. Sigmund avait toujours cherché à agir pour le bien et n'y était pas toujours parvenu. Sans doute. Mais la seule véritable question était d'arriver à identifier le bon parti.

Angèle fouillait à présent dans son sac. Elle en sortit une liasse de feuilles :

— Je voudrais que tu lises ceci... à tête reposée... demain ou après-demain. Quand tu auras les idées au clair. (Elle lui tendait une liasse de petits papiers, quelque chose qui ressemblait à un article.) Il y est question de l'accueil des déplacés. Des efforts qu'il nous reste à faire. Il traite surtout de quelques points légaux. D'une nécessaire législation à ce sujet. Étayé, bien écrit... Ça devrait te plaire.

Sigmund avait écrit et signé une quantité incalculable d'articles et de rapports, sur des points légaux, sur des réformes à venir. Des choses froides et très techniques. Un gratte-papier quelconque avait produit celui-ci.

Sigmund prit l'article, fit mine de le feuilleter et dit qu'il lirait la chose attentivement — pour corriger les fautes d'orthographe. Et pour rendre service.

— À quoi cela sert-il de faire du droit, si on ne se met pas au service des autres ?

La phrase eut quelque chose de merveilleusement définitif dans la bouche du juge. (Mais à quel point arrivait-il à y croire au fond de lui ?)

En sortant de la place Aristote, Angèle et Sigmund croisèrent quelques connaissances — des gens de l'ONG, des gens qui étaient à la réunion du Sun Beach. (Accolades, embrassades, esquisses de conversation.) Sigmund était ailleurs. Julia le salua. (Il s'en fichait.) Le juge reconnut un responsable régional qui le dévisageait d'un air impavide. (Qu'importe.) On décida de faire un bout de chemin ensemble. Le cortège s'ébranla, presque au ralenti. Certains s'arrêtaient pour lire un menu, d'autres marchaient sans rien attendre. Sigmund restait auprès d'Angèle.

— Ce sont des gens formidables, lui dit-elle. Tu verras...

Et elle lui caressa le dos. Cela faisait des années qu'il n'avait pas ressenti une telle décharge de fluide dans son corps.

— C'est tout de même fou de se retrouver là, dans de telles circonstances.

Le juge avançait, presque en lévitation. On aurait dit qu'il s'était perdu. Dans la ville, dans sa tête, au bout de ses dix doigts. Puis il sourit.

— Le hasard fait parfois bien les choses.

Le groupe était de plus en plus lointain. Sigmund sentait le mouvement de ses pieds, un centimètre au-dessus du sol. Il voyait ses mains aussi. Une force abstraite tendait ses muscles. Il retenait ses mouvements. Il les laissait aller. Le paysage lui paraissait contrarié.

Ils arrivèrent finalement dans une zone pleine de restaurants et de touristes — de restaurants exclusivement faits pour les touristes. Les mêmes menus, les mêmes brochettes, les mêmes yaourts, les mêmes vins et les mêmes assiettes brisées. Avec Angèle, à cet instant, il traversa ce décor mal enchâssé de parc d'attractions, et tout lui parut à nouveau possible. Il pouvait la toucher, il la touchait. Il pouvait lui parler, il lui parlait. Sigmund se sentait libre. C'était un autre corps qui respirait, un autre homme qui s'agitait. Il ne ressentait plus la souffrance, il ne ressentait plus la culpabilité ni la frustration. Oropa avait le sentiment de redevenir celui qu'il avait un jour été, il y a longtemps, et qui avait déjà pensé et vécu dans cette même enveloppe charnelle. Et Angèle avait l'air aussi heureuse que lui.

Quelques mètres devant, il y avait un restaurant germain, où tout, absolument tout, paraissait faux. De fausses dames blondes, de fausses bières et de fausses assiettes. Des saucisses synthétiques. Des pommes de terre en plastique. Même les seins des femmes avaient l'air postiches — des poches de gel immenses et translucides, comme s'il s'agissait d'un musée de cire ou des reproductions d'un diorama. Et cela fit tellement rire. Aux murs, il y avait des images de la fête de la bière, de la porte de Brandebourg et des châteaux de Louis II. Mais qui cherchaient-ils à attirer là-dedans ?

— Des Teutons, sans doute des Teutons... Le restaurant en est plein.

Sigmund et Angèle demandèrent à être pris en photo devant le restaurant. L'ancien amour bras dessus, bras dessous.

Un peu plus loin, la rue redevint étroite. Un escalier montait, un autre redescendait. Sigmund et Angèle découvrirent un restaurant — un peu vieillot, un peu cassé aussi, totalement entouré de végétation (une pergola de glycine et de fausses fleurs envahissaient l'espace). L'endroit leur plut immédiatement. Le menu était inscrit à la craie blanche sur un tableau noir. Les prix affichés paraissaient modiques. Angèle voulut s'asseoir à une table ronde, le plus loin possible de la rue. Là, sans conteste, c'était le restaurant le plus sympathique de toute la ville. Aussi touristique que les autres, aussi mensonger, mais accueillant. Des bouffées d'étincelles jaillissaient de la tête du juge. Un plaisir indécent, quelque chose d'interdit que l'on aurait malgré tout le droit de faire.

Sur le menu, il y avait un assemblage hétéroclite de mets du monde. On pouvait choisir entre la pizza à l'ananas et le riz cantonais, les endives braisées et le curry de bœuf, les moules-frites et les aubergines fourrées à la viande. À la table voisine, un couple d'une trentaine d'années fumait en riant. Des serveurs indolents (ou professionnels) leur apportaient des vivres petit à petit. Ces gens avaient commandé la moitié de la carte. De petits plats, des bouchées, des salades et des coupelles. La femme avait une soudaine envie d'olives et de feta — elle levait la main après le serveur, pour n'en picorer finalement que quelques miettes. L'homme, de toute façon, ne faisait que boire et parler.

Lorsque le serveur vint à leur table, Sigmund hésitait entre un plat de viande crue et une salade aux crevettes. Angèle voulait une soupe de poisson. Et Sigmund eut alors l'éclair de génie. Une blague de mauvais garçon. Avec panache et sans doute par défi, il commanda une choucroute — une vraie, une grosse choucroute garnie. Il n'en avait pas mangé depuis des années. Sa décision le rendit fou de joie. Angèle éclata de rire aussi. Manger de la choucroute, ici, dans ce décor, dans le dernier pays antique du continent. La chose leur apparaissait exactement comme s'ils avaient eu vingt ans à nouveau et qu'ils entreprenaient de jouer un mauvais tour. Il n'avait pas vu Angèle rire depuis des années. (Comment avait-il pu vivre sans cela ?)

Mais dix minutes plus tard, lorsqu'il vit cette assiette fumante et grise, lorsqu'il découvrit cette touffe que l'on déposait en face de lui, ces saucisses molles et fluorescentes, ces patates défaites et ce boudin trop gras, les choses lui apparurent sous un jour bien différent. D'abord le dégoût, puis un peu de colère aussi. Une colère sourde, qui contracta son ventre. Il s'en voulait (piégé par lui-même, piégé par l'époque). Cette choucroute était une catastrophe.

En mettant la première fourchette à la bouche, à

contrecœur, avec répugnance, il s'avisa que toutes les limites de la décence avaient été franchies. La choucroute avait été assaisonnée à la coriandre.

Angèle n'arrêtait pas de rire. Elle ne s'était pas amusée depuis longtemps. (Personne ne l'avait jamais fait autant rire que lui.) Sigmund tentait de garder la face. Obligé de manger cette horreur. Il étouffait. Il se sentait ridicule. Mais il jubilait. Une pluie de coriandre dans les cheveux, dans les poils, dans la masse filandreuse de ce chou. Quelle farce ignoble. Il tapa du poing, il cogna la chaise. Du chou à la coriandre ! (Angèle n'arrivait pas à stopper son rire.) Insupportable sentiment. Sentiment de détresse, de solitude insurmontable. Et de clownerie. Qui pouvait comprendre ce genre de choses ? Les gens se rendaient-ils seulement compte du sacrilège ? Quelque chose d'inadmissible répondait à ce désir si naturel de choucroute — qui se transformait en cauchemar. Et il rit, lui aussi, c'était plus fort que lui. Oropa ne pouvait pas manger cette chose. Impuissant, cela outrepassait ses limites. Incapable de la mettre à l'intérieur de son orifice, et de la mâcher.

L'expression amusée sur le visage d'Angèle se métamorphosa en stupeur au moment où le corps du juge fut traversé par une quinte de toux irrépressible. Oropa manqua de tomber par terre.

— Mais qu'est-ce qui t'arrive ?

Sigmund s'interrogea lui-même. (Qu'est-ce qui lui arrivait ?) En tournant la tête, le long du mur, il vit un rat. Un gros rat, gris-brun, qui traversait la terrasse, entre leur table et celle des autres. Il se faufilait, il baissait la tête, il reniflait et passa sous sa chaise pour manger ce chou que le juge avait recraché par terre. Mais aussi une portion de paella restée dans un coin, des endives braisées près de la cuisine, un poulet basquaise qu'un enfant avait dû laisser choir, des macaronis, des farcis et des pâtes à la carbonara véreuses qui jonchaient la terrasse. Le juge ferma les yeux, se passa la main sur le visage.

— Angèle, dis-moi, franchement, qu'est-ce que tu fais avec Michel Brandt ? Je veux dire, qu'est-ce que tu fais avec lui ? Comment est-ce possible ?

Angèle avait retrouvé son calme. Elle mangeait sa soupe en silence. Le fromage fondu laissait de grandes traînées sur la nappe.

— Michel est délicieux. Un être doux et délicat. J'ai fait sa connaissance il y a six ans. Nous nous sommes aimés, beaucoup. Il m'a énormément apporté. Sans lui, je crois que je n'aurais jamais réussi à prendre la décision de changer de carrière. Nous sommes toujours mariés, mais nous ne sommes plus aussi proches.

Sigmund se leva pour aller payer. Il lui prit le bras pour marcher. Au bout de la rue, ils assistèrent au grand défilé des jeunes assoiffés. Des gens qui partaient à la course au divertissement. La nuit les traversa.

À deux pas, Angèle et Sigmund découvrirent le programme d'un café où l'on jouait du rebétiko. Angèle proposa d'entrer. Une petite taverne bourbeuse, vieillotte et sale. Ils s'installèrent et commandèrent une bouteille de vin résineux. L'ivresse les étreignait de nouveau.

Sur scène, une chanteuse regardait le public. Elle était jeune, vêtue d'une longue robe noire. Un peu inquiétante, le visage d'une gravité mythologique. Elle fut applaudie. En entamant sa première strophe, son expression sembla se détendre. Avec le bouzouki, le trichordo et le baglama, elle parut même presque belle. (La chanson, apparemment, s'appelait *Je brûle.*) Un silence grandiose s'était imposé dans la salle remplie d'esthètes. Angèle voulut traduire les paroles au creux de son oreille. (*Quand l'homme naît, le chagrin apparaît. Quand la guerre gronde, le sang n'est pas compté. Je brûle, je brûle, jette encore de l'huile sur le feu. Je me noie, je me noie, jette-moi dans la mer profonde.*) La tête de Sigmund brûlait, littéralement.

De l'autre côté de la rue, il retrouva le chemin de son hôtel. On se dit au revoir, en se frôlant les lèvres. Sigmund lui prit la main et la serra fort. Elle était si tendre. Et en refermant la porte, il pensa à sa vie de fonctionnaire. Il se souvint qu'il avait une triste vie de fonctionnaire et il eut du mal à s'endormir.

IDOMÉNÉE

•

Le lendemain, à quatorze heures, trois collègues étaient assis autour d'eux. (Julia et les autres.) On s'était installé sur la banquette de cuir beige — et l'engin démarra d'une pression de doigt. Un quatre-quatre flambant neuf, Land Cruiser blanc, liquide, presque transparent, floqué de l'écusson de l'Arcadia. Les roues tournaient. L'engin filait comme un vertige sur l'autoroute. Tout était calme. Angèle se tenait tout près de lui.

On traversa des paysages recouverts d'eau. Des champs, des maisons, des méandres envahis par la boue. Les pluies du mois dernier avaient été diluviennes. La terre n'avait pas tout bu. De petites grappes d'humains s'affairaient au bord des routes. Certains semblaient marcher depuis des siècles. Les pieds et les jambes couverts de terre. Le conducteur passait des airs populaires — une sorte de soupe qui aurait parlé grec. Julia dormait la bouche ouverte. Les autres rêvassaient.

Angèle proposa de boire quelque chose. Sigmund se contenta d'une gorgée d'eau. Elle avait le visage pétri de cette sorte de gravité que lui imposait son rôle. Elle compulsait ses dossiers. Sigmund prit une grande respiration et se mit à lire l'article qu'Angèle lui avait remis la veille.

Lorsqu'il releva la tête, le paysage avait changé de physionomie. Presque montagneux. Des tentes blanches, affichant des macarons bleus et des étoiles, des voitures aux vitres teintées, des camions humanitaires, des antennes paraboliques, des journalistes affairés.

— Nous y sommes, lui dit tendrement Angèle.

Le paysage faisait peur à voir. On aurait dit un fumier en hiver.

Trois minutes plus tard, on était dedans. La descente se déroula comme suit : le juge poussa la porte blindée, passa une jambe dehors, se donna de l'élan, glissa sur le marchepied et manqua de s'écrouler par terre. Son pied atterrit dans une flaque de boue. Sa chaussure et son pantalon étaient trempés. Dehors, des gens regardaient. (Rien de plus ridicule qu'un agent communautaire qui se casse la figure en sortant de son quatre-quatre.) Angèle le releva d'une main et le fit remonter dans le véhicule pour aller se garer dans un endroit plus sec.

L'attroupement se pressait contre la voiture. Le chauffeur ouvrit sa fenêtre, fit de grands gestes. On avait le sentiment d'une foule enivrée, qui approchait, qui s'intensifiait, qui faisait mal, mais qui ne vous touchait pas. Quelques mètres devant, une grande grille courait de part et d'autre du camp. C'était l'horizon.

Angèle lui expliqua que la Macédoine avait fermé sa frontière. Plus aucun poste de passage. L'armée voisine tirait à vue. Les populations mobiles, qui jusqu'alors transitaient par là pour regagner le ventre de l'Union, étaient prises au piège. Personne ne voulait rebrousser chemin, personne ne pouvait plus avancer. Un hiver entier passa ainsi. On parlait de quinze mille personnes dans la neige et dans la boue. À vue de nez, le juge estimait qu'il pouvait y en avoir le double, peut-être le triple. Ça s'éparpillait, ça se regroupait à même le ballast, autour des voies ferrées.

Angèle et Sigmund descendirent de la voiture au milieu du camp. Dans la masse compacte, sans se parler, elle lui serra la main. (« Tu vas voir », chuchota-t-elle.) Des familles, des électrons libres de quinze ou dix-huit ans, partout de la fumée de bois, du linge qui se tend pour sécher, une puanteur insupportable, des enfants qui fouillent le sol pour manger des miettes, des femmes qui cherchent un coin pour aller chier, des immondices et la nausée, des gens qui se reposent dans des sacs poubelles, des enfants qui hurlent, des gens prostrés, des bagarres, des gens qui crient. On appelait cela un « camp sauvage ». Angèle le regarda avec insistance. Sigmund la prit dans ses bras et l'enlaça le plus fort qu'il put.

— La frontière ne rouvrira plus, disait-elle. Personne ne l'ignore. Des gens se sont cousu les lèvres pour exprimer leur désarroi.

Angèle parla des batailles entre les différentes communautés, des guerres, des coups de feu, du retour à l'âge du bronze, mais aussi de l'entraide, des formidables élans de générosité. La semaine passée, une rumeur avait fait état d'une brèche dans le dispositif de surveillance de la frontière. Des centaines de personnes, femmes et enfants compris, s'étaient mis en tête de tenter la traversée. Quelques heures plus tard, elles étaient revenues, deux cadavres entre les bras. On ne savait plus quoi faire pour s'en sortir.

— Qu'on le veuille ou non, lui dit-elle, il se déroule une guerre ici.

Ses yeux étaient presque jaunes.

Les hommes et les femmes sont ainsi faits qu'ils entreprennent toujours tout ce qui est en leur pouvoir pour assurer leur subsistance, se dit le juge. La survie, l'instinct de survie, le *conatus*, on pouvait appeler cela de mille façons. Ce camp aurait pu en être la parabole.

Oropa marchait dans ce bourbier, les mains devant lui. Le spectacle catastrophique d'un charnier qui remue toujours. Sigmund était heureux. Il suivait Angèle et ne pensait qu'à elle. Il s'ouvrait au monde.

Avec la chaleur, la boue s'était mise à sécher ; les insectes, les souris, les rats et les serpents avaient fait leur retour. Sous les tentes, ils vivaient en meute. L'air était pestilentiel. Tout était fumant, les visages noirs. Des femmes brûlaient des vêtements pour se chauffer. La gale et la tuberculose avaient refait surface. Le juge était transi de désir. Il prit le visage d'Angèle entre ses mains. Tout était brûlant. Trente ans qu'ils attendaient ce moment. (Invraisemblable coup du sort. Joie des dieux.) Sa respiration était forte, elle le caressait partout. Il lui dit « tu es merveilleuse » avant de l'embrasser. (Plaisir indécent.)

Un peu plus loin, un camion chargé de vivres faisait son entrée. Sigmund aurait voulu aider. Dans tous les coins, des gens étaient là pour ça. Ici, une réunion de scouts assistait une famille qui tentait de rafistoler son abri. Là des étudiants en médecine parés de brassards, des personnes en tenue de combat qui profitaient de leurs vacances, des gens qui avaient fait une collecte dans leur quartier, peut-être des écrivains, des cinéastes, mais aussi des clowns pour les enfants, des jongleurs et une escouade de cracheurs de feu. Au milieu de cette déroute, ils avaient joué leur spectacle dans la boue et les flaques d'eau. Il y avait des journalistes aussi, beaucoup de journalistes, des photographes qui erraient dans ce champ de ruine à la recherche d'un sujet. Ils ouvraient une tente, demandaient à voir les cicatrices ; on cherchait des enfants dans les tas d'ordures, une vieille femme qui levait le poing, un cadavre dans un champ. Un peu de chance et on ferait la une du quotidien avec un bon cliché d'Afghans. Une célèbre cantatrice était venue prendre les mains des femmes et leur faire de grands sourires. Un acteur parlait derrière son micro. Il y avait eu un homme politique fameux, un groupe de députés communautaires et le rapporteur de la commission parlementaire de l'Union pour les déplacés, qu'on avait vu marcher au pas de charge, frotter les épaules et prodiguer des paroles de réconfort. Angèle n'était qu'un tout petit bout de cette grande fabrique. Et lui, Sigmund, l'oiseau de passage parmi les autres, ignorait comment se rendre utile. Mais il aimait.

Il y avait un mois de cela, tout au plus, un artiste chinois était venu à Idoménée, avec sa barbe et ses longs cheveux. Sous une pluie battante, endossant un ciré couleur de sang, il avait pris une mine de circonstance et proféré quelques paroles profondes. (Confucius en costume de créateur.) L'artiste chinois était ensuite parti dans un champ filmer une jeune fille qui jouait sous une bâche en plastique (l'intempérie ne faisait initialement pas partie de la performance) quelques notes de musique liquide sur le piano à queue blanc qu'il avait fait livrer au camp pour attirer l'attention des médias sur le sort des déplacés. Après quoi, l'artiste était parti se faire couper les cheveux et tailler la barbe par un Syrien au milieu d'une troupe de jeunes hommes.

— Pour moi, avait déclaré le dissident chinois, cela signifie que je laisse une partie de mon être sur cette terre, et qu'elle ne me reviendra jamais.

Sigmund caressait le visage d'Angèle. Il n'aurait pas pu dire mieux.

Sous une tente près des voies ferrées, le juge approcha d'un des membres d'une équipe médicale. Le docteur en chef arborait l'un de ces gilets pleins de poches dont il tirait des médicaments qu'il distribuait comme des hosties. Le médecin lui apprit qu'un Marocain était mort la semaine précédente après être monté sur un wagon qui stationnait sous une ligne à haute tension.

— Ici, lui dit-il, il n'y a pas de mauvaise idée pour attirer l'attention sur soi... C'est le seul espoir. Dans les camps d'urgence, chacun sait que ce sera l'attente, l'oubli et la fin du voyage. Une sorte d'esclavage bienveillant. Ces gens que vous voyez là marchent au bord du gouffre, mais ils ont encore l'espoir. Ici, ils sont encore sur la route...

Sigmund hochait la tête.

— C'est bien que vous soyez venu, Monsieur le Juge... Nous avons besoin de gens comme vous.

La nuit fondait doucement sur le camp. Un éclat orange au milieu du naufrage. Tout le monde cherchait à prendre des forces (des conserves, du pain, quelques fruits, de très rares fruits, et du café).

Le juge observa au loin de jeunes hommes se faufiler entre les tentes et les baraques. Ils vendaient des vêtements chauds, différents objets de consommation courante, des paquets de cigarettes. On avait le choix entre des marques américaines, turques ou macédoniennes (peut-être de l'herbe ou des amphètes). Le juge choisit une marque ottomane et donna au jeune deux ou trois billets de plus pour lui faire plaisir.

Au loin, des feux s'allumaient, des rebuts en plastique pétaradaient. La fumée suffocante avait envahi le camp. Le juge avançait, un mouchoir sur le visage. Il prit place près d'un groupe d'hommes. Ces gens mangeaient le contenu d'une assiette à moitié vide. Peut-être des pâtes, peut-être du riz. Ils respiraient fort et mâchaient vite. Sigmund offrit l'un de ses paquets de cigarettes. (Il avait les deux pieds dans le terrain. Il s'enfonçait, les deux pieds dans le terrain.)

De l'autre côté de l'installation, Angèle donnait ses consignes à quelques bénévoles. Viktoria parlait avec Julia, qui s'affairait avec un autre groupe de jeunes hommes, assis en tailleur autour d'un foyer. Ils riaient. Julia semblait en connaître certains, elle faisait connaissance avec les autres. Le juge porta quelques cartons de vivres. Il faisait la chaîne avec d'autres bénévoles. Il donna des couvertures à ceux qui lui en réclamaient. Angèle vint près de lui. Sigmund aurait voulu lui dire qu'ils avaient perdu beaucoup trop de temps. Elle allait faire de lui quelqu'un de meilleur.

Une heure plus tard, Angèle et Sigmund marchaient à travers les boyaux qui tenaient lieu de rues. Avancer en évitant les corps affalés sur le sol, main dans la main. Elle était là pour lui. Il était là pour elle.

En bordure du camp, un jeune homme serrait un calepin entre ses mains. Il griffonnait sur ses pages et regardait le ciel de temps à autre. Drôle de marche nuptiale.

— Amis du monde, hommes et femmes à la peau noire, l'empire a construit des pyramides et des arcs de triomphe sur votre dos ! disait-il. Mais il n'a plus besoin de vous, sinon pour voir se refléter, dans vos yeux pleins d'envie, l'image étincelante de son succès... et vous faire bander !

C'était un écrivain, peut-être un poète. Sigmund aurait voulu le faire parler davantage. Angèle lui pressa la main et ils s'éloignèrent. Une jeune fille chantait sous son abri en se peignant. Un enfant hurlait dans les bras de sa mère. Des hommes fumaient autour d'un feu. Certains jouaient sur des tables en carton, d'autres parlementaient bras dessus, bras dessous. Des formes bougeaient dans l'ombre — deux filles se tenaient les mains en se parlant à l'oreille. Mille voix dans le brouillard. Toutes sortes de langues. On dévisageait le juge, qui enjambait des corps. Angèle avait un bouquet de papiers à la main. Sa robe faisait une tache claire dans le décor. Drôle de marche nuptiale.

Sigmund. — Comment va-t-on faire ?

Angèle. — Nous verrons bien.

Sigmund. — Et ton mari ?

Angèle. — Rien. Je n'ai pas de comptes à lui rendre.

Sigmund pensa à Ruth. (Ce qu'il faudrait lui dire pour qu'elle comprenne combien sa vie avait changé.) Et à l'expression de tristesse au fond de sa voix. Qu'allait-elle penser de lui ? Et ses enfants ? Sigmund s'arrêta pour embrasser Angèle. Lui souffler des mots d'amour. Cette libération était inespérée. Sa vie prenait un sens nouveau.

Main dans la main, ils avancèrent vers un baraquement qui leur paraissait vide. Une musique indistincte se constituait de proche en proche. Sous l'installation de bois, de bâches et de plaques de tôle, ils découvrirent deux jeunes hommes, face à face, éclairés par l'émiettement d'une lampe électrique. L'un était perse ; l'autre germain. Ensemble ils lisaient et récitaient un poème allemand.

Joie, divine étincelle, fille aimable de l'Élysée, nous entrons, enivrés de tes feux, céleste Génie, dans ton sanctuaire. Tes charmes réunissent ce qu'a séparé le rigoureux usage...

Angèle s'installa sur un trône de pneus. Sigmund sur une palette à moitié brûlée. Ils se donnèrent la main comme devant un autel chargé de fleurs.

Vous à qui échut l'heureux destin d'être l'ami d'un ami, vous qui avez conquis une aimable compagne, mêlez vos transports aux nôtres ! Oui... quiconque sur ce globe peut nommer sienne ne fût-ce qu'une âme !

La voix de l'Oriental était grave et posée. Ses yeux étaient clairs, son sourire si doux. Il lisait le poème de Schiller, ici, en plein désastre.

Que tout ce qui habite le grand cercle terrestre rende hommage à la sympathie ! Elle nous guide vers les astres, où s'élève le trône de l'Inconnu. Tous les êtres boivent la joie aux mamelles de la Nature.

Une bougie bourdonnait. Avec lenteur, délectation, la voix du jeune homme avait sublimé chaque syllabe. Dehors, le camp commençait à bruire de mille réjouissances. On servit un vin d'honneur dans une tasse ébréchée. Leurs convives n'avaient pas vingt ans. Ils auraient pu être leurs enfants. La poésie était leur viatique. Sigmund, aussi, irait écrire des poèmes pour son amour. (Il n'était jamais trop tard.)

Tous les bons, tous les méchants suivent sa trace semée de roses. Elle nous donna les baisers, la vigne ; un ami éprouvé jusqu'à la mort. Le plaisir est le partage du vermisseau, et le chérubin est debout devant Dieu.

Lorsqu'il regarda Angèle, assise sur son échelle de pneus, Sigmund sentit les larmes lui monter aux yeux. Elle le regarda à son tour et posa sa main contre la sienne.

— Et toi, Sigmund, demanda le Perse, connais-tu ce poème ?

Le juge repensa à ces soirs d'hiver au coin du feu, il repensa à la mer qui lui éclaboussait le visage, il revit un bouquet de fleurs fanées, des mains fines, une robe couleur de printemps, et ce furent les vers que lui disait son grand-père qui lui revinrent en mémoire :

La Joie, c'est le nom du puissant ressort de la nature éternelle. C'est la Joie, la Joie qui meut les rouages dans la grande horloge du monde. Son attrait fait éclore les fleurs de leurs germes ; du firmament, les soleils ; elle roule des sphères dans les espaces que ne connaît pas la lunette de l'astronome. Joyeux, comme volent les soleils du Très-Haut par la voûte splendide des cieux, suivez, frères, votre route ; joyeux, comme un héros qui marche à la victoire.

Dehors, c'était une fête insoupçonnable. Angèle et Sigmund ne se quittaient plus. Il y avait des gueules cassées, des visages noirs, des têtes d'anges, des yeux verts, une bouche délicate, tout tournait dans la lumière. Quelqu'un avait sorti son instrument — et l'on tapait des deux mains. Ceux qui ne connaissaient pas les paroles fredonnaient. Les autres chaviraient. Une femme enturbannée bougeait comme une panthère. De petites filles s'agitaient dans son sillage. Les volontaires s'étaient mêlés à la foule. Chacun semblait s'appeler par son prénom. On chantait, on dansait en chœur.

Sigmund approcha de l'oreille d'Angèle. Il retrouvait la lumière, comme un monstre tiré de l'océan. On allait remettre à flot le trésor perdu. Ériger la clé de voûte au sommet de l'édifice. Il lui appartenait corps et âme.

Sigmund parla fort et longtemps. Il lui parla d'un ton ferme et exalté — il lui parla sur les mains et le cou, il déborda sur le maquillage, sur les bijoux et les petites coquetteries. Il l'aimait. Il l'aimait plus que tout.

Angèle le regardait. Ses beaux yeux pleins de khôl clignaient lentement. Sigmund ne respirait plus. Angèle ne respirait plus. Ils étaient reliés par ce flot continu qui les submergeait. Des enfants sautaient par-dessus le feu. Les flammes étaient de plus en plus hautes. Sigmund ne voyait plus très clair. Les cheveux d'Angèle sentaient le parfum de leur enfance. Il se perdit dans ses bras et s'enroula dans la musique.

DÉMOS

•

Il était douze heures dans la chambre d'hôtel lorsque Sigmund alluma la télévision. (Il adorait la regarder.) Sigmund arrêta sa dégringolade sur une chaîne en langue française. (Un jeu télévisé de première importance, apparemment.) Plusieurs centaines de milliers de téléspectateurs, chaque jour, écoutaient des candidats répondre à des questions. — Quelle est la marque d'eau préférée des Français ? Quel est le diamètre d'un ballon de football ? Le poids maximum supporté par une palette ? Combien de millilitres dans une barquette de Danette ? De quand date l'invention du chewing-gum ? Combien de fois fait-on l'amour par semaine en moyenne ?

Cela faisait très exactement trois cent quatre-vingt-quatre jours qu'Étienne Dumont répondait à toutes les questions qu'on lui posait. Un abysse. Un gouffre. Notre culture. La production chérissait cet être comme un saint patron (ce n'était qu'une vermine parmi tant d'autres). Suivant la légende dorée, Étienne aurait lu plus de dix fois le dictionnaire pour se préparer à l'émission. Mille fois victorieux, il disposait d'une suite dans un hôtel de luxe au cœur de la capitale. Les gens s'arrêtaient dans la rue pour le voir de plus près. Il roulait dans une voiture avec chauffeur, il avait acheté un petit appartement à sa bonne mère, un autre pour sa sœur, il avait pris une nouvelle femme, mais pas renoncé à la précédente. Les spectateurs le retrouvaient chaque jour dans leur salon, aux alentours de midi, avec ses chemises violettes et ses pantalons luisants, ils entendaient sa voix de Roi mage, ils souffraient lorsqu'il tremblait, ils exultaient lorsqu'il gagnait.

Le juge regarda le programme un quart d'heure — un quart d'heure de honte, un quart d'heure d'humiliation —, ravi de voir jusqu'où certains consentaient à s'avilir pour tenter de se faire connaître. Ça le rassurait. À chaque situation gênante, il existait un pendant catastrophique. Sigmund se fit porter un plat de viande et s'assoupit devant un téléfilm d'amour.

Quelques rêves plus tard, il fit couler un bain. Il avait encore mal à la tête. Ses mains sentaient toujours le feu de bois. Ils étaient rentrés tôt, au soleil levant, petit matin, dans les fauteuils chauds du Land Cruiser qui flottait sur un ruban d'asphalte. Dans un local que l'Arcadia réservait à ses employés, Sigmund et Angèle avaient passé une partie de la nuit — au premier étage du préfabriqué, avec vue sur le camp. Les feux de bois crépitaient à l'horizon du soleil levant. Le juge s'était allongé à côté d'elle. Angèle avait caressé sa main et tenté d'exciter ses sens.

Dans le bain, le juge enfonça la tête. Il entendit les bruits de l'hôtel remonter par les canalisations. Oropa se rasa, se coupa les ongles. La télévision continuait à parler. Une chaîne en langue hellène. Des téléfilms d'amour encore, mal doublés. C'était de grandes coiffures et de belles dents, des couples vieillissants mais qui par tous les moyens tentaient de faire croire à l'éternité de leurs élans juvéniles. Sigmund se perdit dans la contemplation de cette icône de l'amour ménager. (Appeler Ruth. Appeler Ruth tout de suite.)

Vers quinze heures, il avait les deux mains posées côte à côte sur la table de la chambre d'hôtel. La sonnerie de son téléphone retentit. C'était le bureau. Sforza attendait un rapport détaillé. Oropa brossa à grands traits le tableau de la situation. Une remarque, deux plaisanteries, il l'enfuma et raccrocha. Remonter le son de la télévision. Il serait toujours temps de parler à Sforza le moment venu. L'urgence était ailleurs.

Le juge trouvait sa chemise trop petite. Il changea plusieurs fois de pantalon. Sans nouvelles depuis trois jours, Ruth avait dû finir par s'inquiéter et s'imaginer des choses (Sigmund avait déjà évité de lui répondre la veille). Il résolut d'aller lui acheter quelque part un souvenir, un cadeau quelconque. Ça facilite les retrouvailles.

Au bout d'une demi-heure, il était toujours accoudé à la fenêtre de sa chambre, à contempler ce qui se passait dans la rue. Une petite femme criait sur son énorme chien qui refusait d'avancer. Le cordonnier était sorti sur le perron de sa boutique ; il poussait l'arrière-train du canidé. Puis ce fut le boucher, la dame qui revenait de ses courses, la blanchisseuse et le facteur. Tout le monde avait échoué. Lorsque le juge sortit finalement de l'hôtel, le molosse n'avait toujours pas avancé, pétrifié par l'amour d'une chienne de sa connaissance qui se tenait de l'autre côté de la rue. (Était-il aussi stupide et buté que ce chien-là ?)

Au premier étage du préfabriqué, dans la petite chambre au-dessus du camp, avec Angèle dans ses bras, le juge avait failli. (Prendre une grande respiration. Sans fausse pudeur, tout dire, il fallait tout dire. Car il ne s'était rien passé. Rien.) Son corps, sa tête, a fortiori le reste, avaient démissionné. Il n'avait pas pu faire l'amour à cette femme-là. Son sexe n'avait pas durci. (Le sang avait coulé ailleurs.) Il s'était noyé dans sa mauvaise conscience. Il avait sucé ces seins, tripoté cette chair qui se tenait entre les cuisses. Elle avait ouvert la bouche et poussé quelques soupirs. Mais chez lui, rien ne s'était ouvert. (Devait-on parler de victoire ou de défaite ?) Refusé le plaisir, refusée toute forme de libération. Sigmund s'était rhabillé, sans dire un mot. On était rentré comme ça, main dans la main sans en parler. (Sigmund n'avait jamais été qu'un fruit pourri.)

À seize heures, Oropa entra dans l'hôtel de ville de Salonique. Viktoria était là. Aussi fatiguée que lui, mais de bonne humeur.

Au dernier étage, Sarkis Papastathopoulos, le maire de la ville, recevait, les baskets sur le bureau. Il portait des chaussettes multicolores, des bretelles jaunes, une boucle d'oreille et deux ou trois tatouages supplémentaires semblaient orner ses mains (un iguane, peut-être un caméléon en plus depuis la réunion du Sun Beach). Planté au milieu de cet espace de travail surdimensionné (cent ou deux cents mètres carrés, quelque chose de pharaonique), le maire ressemblait à un ballon de basket ratatiné.

L'élection à la municipalité de cet ancien négociant en vin, alcoolique repenti, iconoclaste et libre penseur, avait été saluée par toute la classe politique de l'Union. Les gens disaient que tout allait bien mieux depuis son arrivée. Les touristes affluaient, il y avait de la viande aux étalages, même l'herbe semblait plus verte. Oropa cherchait à comprendre comment un tel hurluberlu avait pu se faire élire dans une ville si fidèle à son catholicos.

Sur une console, près du bureau, on découvrit la reproduction d'un buste antique. Il y avait aussi une vitrine pleine de colifichets, des assiettes à fond bleu, un masque en bois d'Océanie, une reproduction en couleurs du *Voyageur contemplant une mer de nuage*, une autre de la *Victoire de Samothrace*, mais aussi des tableaux présentant Spider-Man et d'autres super-héros dont Sigmund ignorait le nom.

Pour commencer, on badina à propos de tout et de rien, puis on félicita le maire pour la réunion du Sun Beach.

— Oh ! mais vous savez, je n'y suis pour rien, répondit-il. Tout a été pris en charge par l'Arcadia.

Le juge cligna des yeux pour chasser une poussière.

— Comment se fait-il que vous ne touchiez pas l'argent que l'Union destine à vos services ?

Le maire avait une fâcheuse tendance à agiter ses pieds lorsqu'on lui parlait. Ce mouvement donnait des haut-le-cœur au juge, qui avait déjà la nausée.

— L'argent passe par l'État hellène. Ce sont les ministères qui redistribuent. Vous comprenez bien qu'en l'état actuel des choses, leurs priorités sont ailleurs qu'à Salonique.

Le maire proposa un café à ses invités. Refus poli de Sigmund, Viktoria le voulait bien serré.

— Et qui a eu l'idée de faire appel à l'Arcadia ? demanda Sigmund, sans appuyer.

— Je prends des contacts un peu partout, vous savez. Je cherche à me faire aider. C'est Sabiani, que vous connaissez sans doute, qui nous a mis en relation.

— Ah oui… Et le président de l'Arcadia, le général Rank, vous le connaissez aussi ?

— Naturellement. C'est un ancien militaire, mais il a bien conscience des enjeux qui sont les nôtres aujourd'hui. Et lorsque j'ai appris qu'il participait à la mise en place du *hotspot* de Kis, je me suis dit que cela pourrait peut-être nous aider.

— Oui, bien sûr…

L'accent épouvantable de Sarkis Papastathopoulos donnait une coloration irréelle à tout ce qu'il disait. Mais c'était bien la première fois qu'Oropa entendait parler de la construction de ce *hotspot* dans l'île de Kis, chez les Hellènes.

— Vous voulez dire qu'il sera juste en face du camp de Borderum, chez les Ottomans.

— C'est cela même, oui. *Juste en face.*

Dans la tête du juge, les choses commencèrent lentement à se remettre en perspective.

— Construire des camps de part et d'autre de la frontière, séparés par un bras de mer de quatre kilomètres, c'est un astucieux montage.

— Oui, les établissements promettent d'être complémentaires.

— Et rentables pour l'Arcadia. On a beau dire, leur business plan est bien ficelé. Nous n'avons pas affaire à n'importe qui.

— Tout travail mérite salaire.

— Écoutez, c'est encore mieux qu'un salaire. Dès qu'un déplacé franchit la porte de votre camp, vous touchez… mettons dix billets par tête de pipe. (L'Union est généreuse.) Mais réfléchissez, comme vous avez construit un camp de chaque côté de la frontière, vous multipliez vos gains par deux. Lorsque le migrant passe chez les Achéens, vous touchez. Lorsque le migrant est réexpédié chez les Ottomans, vous touchez encore. Et si le déplacé reste de l'autre côté du Bosphore, vous touchez toujours. C'est comme jouer au Monopoly sans adversaires. Un joli commerce triangulaire en somme, sauf qu'il n'y a que vous pour bénéficier de la situation.

Dans l'esprit du juge, la colère s'accumulait comme du pus sur une plaie. Des centaines de millions étaient en jeu. Personne n'avait trouvé utile d'avertir le juge de cet arrangement entre les Hellènes, l'Arcadia, l'Union et les Ottomans. (« Mais si, je vous en ai déjà parlé, souffla Viktoria à l'oreille du juge. Souvenez-vous. » Elle avait bu son café turc sans attendre que le marc soit redescendu, ses dents étaient pleines de dépôt, sa bouche pâteuse.)

— Madame Brandt est une alliée très importante pour nous, continua le maire. Elle a des amis très haut placés... Et cela facilite bien des choses.

— Naturellement.

— Du reste, je me suis laissé dire que madame Brandt vous avait invité chez les Narchos.

Le maire replaça ses pieds sous la table. Il remit d'aplomb l'ourlet de son pantalon et remarqua que sa braguette était encore ouverte.

— Vous allez voir de quoi je veux parler. Ce n'est pas à notre échelon que les choses se décident. Je ne suis qu'une petite marionnette. Comme vous, je suppose.

ICARE

•

En sortant de l'hôtel de ville, Oropa longea les ruines antiques. De jeunes gens buvaient dans des gobelets. Il traversa une ligne de chemin de fer, s'enfonça dans un sous-bois et trouva agréable l'odeur de grillades qui s'échappait d'un enclos de verdure, abrité des regards par une grande haie. Il y avait là deux ou trois familles au grand complet. Sur chaque table, une montagne de côtelettes grillées. Peut-être cinquante ou cent pièces. On les commandait au kilo. Oropa en prit une livre. Il passa vingt-cinq minutes à les dépiauter consciencieusement. Quelques verres de vin et un dessert au miel plus tard, il marchait dans le quartier ancien. Il y avait tant de monde que les gens se perdaient dans cette drôle de végétation qui avait envahi la ville. Une fête furieuse débordait sur les ruines antiques. Et c'est au milieu de cette confusion qu'un détail frappa le juge.

Il lui semblait — même s'il était possible que cela ne fût que pure torsion de son esprit —, il lui semblait qu'Angèle, à l'instant où elle était entrée dans la salle de conférence du Sun Beach Hotel, l'avait immédiatement remarqué, lui Sigmund. Elle l'avait vu et elle l'avait reconnu. Il s'était même dit sur le moment (Sigmund aurait pu le jurer) qu'elle avait regardé dans sa direction au moment où elle s'était tournée vers le public, sans pour autant manifester la moindre surprise. Ce qui, si ce fait s'avérait authentique, signifiait qu'Angèle savait déjà que le juge se trouverait dans la salle. Par quel heureux hasard, sinon, ses yeux auraient-ils pu tomber exactement sur lui à ce moment-là ?

Il longeait les terrasses remplies de jeunes. Il y avait de l'agitation, de la vie. Toute la chaîne causale s'ouvrait aux yeux du juge, comme s'il poussait la porte d'un continent perdu. Car si Angèle savait à l'avance où il était assis, cela n'impliquait-il pas aussi qu'elle avait une idée de la raison pour laquelle lui-même se trouvait là (ce qu'il y faisait et ce qu'il attendait) ? Or Angèle connaissait Julia. Angèle savait donc ce que sa jeune stagiaire avait dit la veille à son ancien amant. Elle savait aussi comment la jolie fille avait hameçonné le vieux satyre pour l'attirer au Sun Beach. Tout cela avait sans doute été décidé d'avance. Sinon, pour quelle raison les gens à l'accueil l'auraient-ils si facilement laissé pénétrer dans l'enceinte du bâtiment, lui qui n'était inscrit sur aucune liste, lui qui était venu comme par hasard, mais qui tombait sans le savoir dans une souricière ? Angèle savait à quel hôtel il était descendu, elle connaissait le numéro de sa chambre. Elle savait que Sigmund venait de l'Office des fraudes visiter les bureaux de l'Arcadia. Elle savait qu'il était ici pour enquêter à son sujet. Angèle savait tout depuis le début.

Sigmund s'assit sur un gros rocher. Le petit vent du soir commençait à rafraîchir l'atmosphère. En remontant encore un peu plus la chaîne causale, il eut la révélation que le patron de l'Arcadia lui-même — le général Rank, qu'il avait entendu sur les enregistrements d'Özdul et que Dadelsen, Mercandier ou même Sforza avaient mis au courant de l'enquête qu'Oropa ouvrait à propos de l'affaire de corruption du camp ottoman —, le patron de l'Arcadia lui-même avait dû embaucher Angèle pour influencer le juge dans sa mission. C'était lui qui l'avait nommée à ce poste.

Allongé sur son lit, dans cette chambre où fleurait un parfum de vomi, le juge Oropa imagina ainsi la façon dont l'organisation était allée chercher dans ses vieux dossiers pour retrouver la trace de cette femme. « Si tu lui colles Angèle entre les pattes, le problème est résolu, je te le dis, mon pote. »

Sans doute l'avait-on espionné, sans doute l'avait-on sondé pour avoir l'idée de la placer là, en face de lui, afin de le faire chanceler. Sans doute avait-on placé des caméras dans cette chambre même, au-dessus de ces murs crasseux, pour filmer l'écart de conduite du bon juge Oropa et de madame Brandt — pour filmer leurs tristes ébats, le ventre de monsieur, la nuisette de madame, et disqualifier la voix de la justice.

— Heureusement... heureusement, je n'ai rien fait, se dit le juge, heureusement que je n'ai pas cédé à la concupiscence.

Angèle lui apparaissait maintenant comme une arme de guerre. Une grenade. Son premier amour ne s'était-il pas présenté sur son chemin, au musée des Beaux-Arts, à deux pas de la *Chute d'Icare*, en compagnie de Brandt, saloperie notoire et mafieux de service ? Comment aurait-elle pu avoir l'idée de se poster là, sinon parce qu'elle avait été missionnée pour le faire ? Le hasard aurait été trop heureux. (Pas la peine de s'aveugler.) Angèle, en face de lui, dans le camp adverse, assurait l'avenir et la survie d'une entreprise mafieuse qui faisait des déplacés son fonds de commerce et que le juge était en train de mettre à nu. Ce qui, en dernière analyse, signifiait qu'on voulait l'acheter, le corrompre, qu'on cherchait à lui faire lâcher prise, lui, Sigmund Oropa, le bras armé de la justice — et que cette femme, in fine, représentait un danger réel pour l'équilibre de l'Union. (Mais comment Angèle avait-elle pu étendre un tel empire sur sa personne ?)

IKNOS

•

Au petit matin, dans la salle du réfectoire, Sigmund Oropa contemplait la ville comme un général avant la bataille. Une façon de majordome lui tendait une tasse de café avec des yeux extatiques.

Le juge regagna l'aéroport en taxi. Quatre secondes plus tard, il était en haut. Une minute après, il n'y avait plus que la mer. Les îles ciselaient leurs formes insensées sur une nappe bleue. (Petits tas de pierres mal équarries. Éclats de roche qui surnageaient, empreintes des voyageurs.) Oropa imagina qu'une observation approfondie des relations entre la forme des nuages et du rivage lui permettrait de mieux comprendre le monde. Les routes sillonnaient les reliefs. Il y avait une infinie variété de lignes. Mais aucune île, même la plus insignifiante, n'était ratée, pourvu qu'on adopte le bon point de vue. Oropa était désormais sur le droit chemin.

Arrivé sur l'île d'Iknos, une petite voiture décapotable l'attendait. Oropa vit des arbres, quelques bouquets épars, une poignée de fleurs. Il crut surtout faire le tour d'un camp de détention. (Un endroit dur, un endroit sec, où l'on se prépare à souffrir plutôt qu'à jouir.) Cythère n'était pas loin — avec son cortège de galants, de guirlandes, de roses et son gibet où flottent les cadavres de l'amour. La famille Narchos — une des premières fortunes du pays — était l'unique propriétaire de cette île. Le chauffeur portait une casquette et une livrée. Son œil zigzaguait dans le rétroviseur. Ses mâchoires étaient trop épaisses pour bavarder. Le juge, de toute façon, n'était pas là pour cela.

Au bord de la route, une paire de miliciens de la R4G tenaient des mitraillettes et des jumelles. Il y en avait aussi le long de la côte, un peu plus loin, aux abords de la villa. Des zodiaques sillonnaient la mer autour de l'île. On aurait dit des caïmans.

Outre la centaine de supertankers qui transportaient le pétrole mondial, le patrimoine de la famille Narchos comptait des dizaines de participations dans toutes les plus grandes entreprises de sécurité, au premier rang desquelles figurait la R4G. C'est sur cette île privée que le juge et une centaine d'invités avaient été conviés à passer la journée. Angèle était très proche de la famille.

Une fois passé l'épais portail de la villa, la voiture roula sur une piste de gravier bordée d'oliviers centenaires. De petites lanternes attendaient la nuit pour projeter leurs ombres. La villa gigotait entre les dénivelés du chemin. C'était un concentré de tout ce que l'on pouvait imaginer de plus beau et de plus fastueusement sobre. Le juge savait que ce chef-d'œuvre architectural avait été photographié par la presse du monde entier (lorsqu'il fut livré, plus tard, à l'occasion d'un mariage ou d'une autre fête, puis généralement dès que le patriarche ou l'un de ses enfants voulait marquer l'actualité). Et depuis dix ou vingt ans, son profil écrasé, ses façades blanches et ses fenêtres allongées s'étalaient dans les magazines que l'on feuilletait en attendant de montrer une carie à un dentiste ou de soigner un chancre.

Le juge marchait sur la pelouse. La maison se détachait de ce fond bleu électrique dont l'intensité vous faisait trembler les yeux. Elle était fine comme un squale, vaste comme un palais. Les arbres déposaient des traces grises, à intervalles réguliers, le long de la façade. Il y avait des bulbes d'ombre autour de la piscine, des tables dressées. Du personnel flottait entre les zones de service et l'espace de réception. Les gens qui avaient arrimé leur yacht dans le petit mouillage d'Iknos arrivaient depuis l'autre bout du parc.

Oropa trouva Angèle presque aussitôt. Elle lui tomba dans les bras (fins et glabres, sa peau légèrement dorée). Sigmund recula d'un pas. Elle portait une robe de soie blanche et une étole bleue (pas la même qu'à Salonique, un bleu plus incisif, tranchant, presque violet).

Arrivée la veille, Angèle avait pris le soleil. Ses yeux étaient vif-argent. Kosmas Narchos, le fils aîné de la dynastie d'armateurs, était un vieil ami à elle. Un très cher, très grand ami à elle. Il vivait entre Londres, Paris et New York. Chaque année, au mois de mai, il passait un temps dans l'île familiale qu'Agis, son père, avait achetée pour une bouchée de pain au début des années soixante, quand ce n'était rien de plus qu'un caillou posé sur la mer. Sept ans de travaux avaient été nécessaires à la construction des deux villas primitives, à l'aménagement du port, de l'héliport, à la création des deux plages, des quinze kilomètres de routes, du tennis, de la grande piscine, du golf, à la plantation des arbres, des fleurs, à la conception du grand parc et de toutes les infimes commodités mises en place pour le bien-être de la famille. L'île déserte s'était ainsi muée en utopie, surmontée d'une chapelle en ruine — importée pierre après pierre de l'île voisine.

Malheureusement (et Angèle lui disait cela en se mettant la main devant la bouche), la famille était en train de se démembrer, pièce par pièce. Deux des enfants ne venaient plus depuis la mort du père (la vie en communauté, la promiscuité, trop de problèmes). Eleni, la cadette, n'avait jamais aimé Iknos. Dionysos, le benjamin, en différend avec son frère à propos de la succession, refusait de mettre un pied sur l'île. Restait Neli (Penelopi de son vrai nom), que le juge ne tarda pas à voir faire son apparition — sur un fauteuil roulant, grincheuse, un peu paralytique, mais décorée comme une statue votive, pleine de plumes et de bijoux en or. C'était une vieille folle à la voix éraillée, sans doute saturée de cachets à la morphine pour lutter contre cette dépression qui guette chaque personne disposant de plus qu'elle ne s'imagine digne d'en être la dépositaire, et qui avant d'avoir épousé Agis avait été successivement la femme des deux autres grands armateurs du pays, elle-même étant la fille de Konstantinos Eflachis, le premier des milliardaires armateurs. Neli avait eu six enfants en tout, et la fortune de son père s'était subdivisée pour finalement se regrouper à travers elle et ses trois sœurs qui avaient, elles aussi, épousé de belles fortunes. Neli avait été le pilier des fêtes mondaines, elle avait connu à peu près tout ce que la terre rendait désirable et n'était maintenant plus qu'une compression de chair triste poussée dans son fauteuil roulant par un jeune homme vêtu de noir. Elle regardait le monde autour d'elle, comme s'il était en son pouvoir de le supprimer.

— La villa sud est presque toujours déserte, dit Angèle. C'est là que je dors. J'ai une passion pour cet endroit. C'est une sorte de mémorial dédié à Agis. Des artistes ou des écrivains peuvent aussi venir en résidence. On y vit au milieu des photographies du patriarche remisées sur les murs. On ira les voir ensemble si tu veux. Avedon a tiré son portrait, quelques années avant sa mort. Il a les yeux fripés, on dirait un vieil iguane. (Et elle rit.)

Angèle parla aussi d'une fondation Narchos à Athènes. Quelque chose qui dépassait l'entendement, construit par un architecte de grand renom (Frank Gehry ou Norman Foster, elle n'arrivait pas à se souvenir). Apparemment, il y avait là un musée (qui abritait une partie des collections familiales), mais aussi un théâtre, un opéra, une bibliothèque, un grand jardin, des restaurants, une école d'art et des magasins de luxe.

— Il faut dire que d'une façon générale (et quand bien même ils se détestent tous cordialement depuis leur plus tendre enfance), toute la fratrie a été dotée d'un sens aigu du beau... Ils ont tout naturellement développé une passion commune pour l'art. Une passion fusionnelle, dévorante, inconditionnelle. Si tu voyais Eleni... On la prend carrément pour une sculpture. Ses tenues sont tout simplement divines. Et tu le vois bien ici, les Narchos sont des artistes dans l'âme.

Le costume du juge était à peine passable, sa cravate sans doute démodée, ses chaussures d'un autre temps. Or, d'après Angèle, Kosmas avait tout de l'esthète absolu. Elle avait fait sa connaissance quelques mois après s'être séparée de Sigmund. Le fils Narchos avait nourri une passion dévorante à son endroit et lui avait offert de somptueuses parures. Sigmund ne prononçait pas un mot.

— Pour tout dire, Kosmas achète toujours ce qu'il y a de plus cher, comme si cela lui était personnellement destiné. C'est-à-dire que lorsque c'est cher, des courtiers lui passent un coup de fil. Il s'agit d'une sorte de règle. Le mois dernier, par exemple, il a acheté un Van Gogh pour cent millions de dollars et un portrait de la Callas par Warhol pour dix millions. Une partie de sa collection est exposée dans la fondation familiale, tandis que trois pièces exceptionnelles... un Basquiat... si ma mémoire est bonne... et deux Peter Doig géants... ont été prêtés au MoMA. Une dizaine d'œuvres sont à la Tate Modern (Kosmas en est administrateur). Le reste est dans les coffres du port franc de Genève, tu connais ? C'est le plus grand musée du monde, sauf qu'il est impossible d'aller le visiter.

Lorsque la famille nous appuie à hauteur de dix millions, continua-t-elle, pour un projet humanitaire destiné à venir en aide aux déplacés... dont la situation révolte Kosmas, très sincèrement... (cette réception en est, je crois, la preuve...), c'est une broutille, un tableau en moins ou en plus, une bouteille jetée à la mer, en quelque sorte. Et ils le font avec beaucoup de simplicité. Bien sûr, cela ne s'accroche pas au mur, mais la charge symbolique du geste est d'autant plus forte, je pense. Et plus durable aussi. C'est un élan pour le monde. Donné au monde. Mais ils n'en font pas même étalage, ils n'en parlent pas. Tu vois, ce sont là les deux facettes de la générosité. L'art et l'entraide. L'un et l'autre sont inséparables.

Dans un coin, près du buffet central chargé de grands magnums de champagne et de couleurs chatoyantes, Oropa reconnut le commissaire communautaire aux déplacés. Il y avait aussi le ministre hellène de la politique migratoire, ainsi que deux ou trois autres ministres du gouvernement. Madame la responsable communautaire du financement des ONG discutait avec la ministre germaine des affaires extérieures, ainsi que le secrétaire d'État français aux affaires de l'Union. On attendait un ancien Premier ministre d'un moment à l'autre (mais il n'arriverait finalement que le lendemain, au sommet extraordinaire, délocalisé à Athènes). Le chef du gouvernement transalpin se laissait remplir une coupe, ainsi que le Premier ministre britannique et son secrétaire d'État aux affaires extérieures. Oropa reconnut bien sûr la présidente de Médecins sans limites, ainsi que Klaus Kempf, le président de l'AWB, rencontré au Sun Beach Hotel. Un peu plus loin, on pouvait admirer Peter Doig en personne, qui avait fait le voyage exprès depuis Londres où il exposait à la Tate, avant de repartir chez lui, à Trinidad. Un célèbre écrivain français, de retour du Kurdistan et en chemin pour sa villa de Tanger, était en pleine conversation (apparemment tendue) avec un grand écrivain transalpin. Barbara Hendricks qui, après avoir fait le tour des camps de déplacés, entamait une série de concerts dans le reste de l'Union, bavardait avec Daniel Craig, qui venait de finir un tournage. Il y avait le marchand d'art Larry Gagosian (le juge ne le reconnut pas de lui-même, Angèle dut le lui décrire), l'artiste chinois Ai Weiwei et Chris Dercon (le directeur de la Tate Modern, « le plus célèbre et vénérable commissaire d'exposition au monde », dit Angèle). Toute l'assemblée était en tenue légère, prête à se baigner (on remarquait même une paire de pieds nus). Seuls quelques groupes isolés bruissaient de rumeurs relatives au référendum en cours chez les Saxons. Cette petite réception avait été organisée à la dernière minute par Narchos fils, lorsqu'il avait appris que le sommet de l'Union consacré aux questions migratoires devait se tenir dans la capitale (l'événement, en somme, avait une fonction de round préparatoire.) Le dégoût d'être là fut à la mesure du plaisir qu'éprouvait le juge à faire partie de cette coterie.

Sorti d'un groupe de politiques et d'hommes d'affaires comme une souris s'extrait d'une meule de foin, un petit être, le plus petit de tous probablement, approcha de Sigmund et Angèle, qui poussa un cri de contentement en l'apercevant.

— Oh, mon chéri ! Mais quel plaisir de te voir ! (Elle accourut vers lui.) Sigmund, viens ! Je vais te présenter.

Oropa ignorait qui pouvait être cet homme. Mais Angèle prononçait, mot pour mot, les mêmes phrases qu'au musée des Beaux-Arts, lorsqu'ils s'étaient rencontrés.

Ce petit être affectait une décontraction et une simplicité qui ne convainquirent pas tout à fait le juge. Il portait une chemise ouverte sur sa forêt de poils et ses dents étaient sans doute postiches. Le petit homme passait sa main le long du bras d'Angèle lorsqu'il parlait d'elle ou s'adressait à elle. Il demanda au juge de bien prendre soin de cette « femme divine » et de s'amuser beaucoup. Puis il partit rejoindre d'autres groupes de célébrités qu'Oropa ne connaissait pas, mais qui l'accueillirent en poussant de hauts cris d'extase.

— Mais c'est quoi, ça ? demanda Sigmund.

— C'est quoi, ça ? Mais tu veux rire ? C'est Kosmas, voyons. Kosmas Narchos... Notre hôte. C'est lui qui organise la party.

— Suis-je bête... Mais où avais-je la tête ? Et c'est donc ce petit pois qui pèse plusieurs milliards ? L'esthète absolu dont tu parlais ?

— Yes.

Sigmund éclata de rire.

— Ça, c'est vraiment trop drôle. Enfin, ce type ne ressemble à rien. On le voit à peine ! Pour un peu, on perdrait sa trace dans un groupe d'enfants.

— Ce que tu peux être bête...

— On dirait une coquillette avec des mocassins, un poil sans tête. C'est ridicule. Les gens regardent le sol pour lui parler. Et puis ce pantalon, franchement...

— Ça suffit, Sigmund. Tu es ridicule. Et puis d'ailleurs, cela fait belle lurette qu'il ne se passe plus rien entre lui et moi. (Et elle lui fit un clin d'œil.) Il ne peut plus.

— (*Une pause.*) Et donc c'est lui qui épaule ton Arcadia ?

— Sans lui, rien de tout cela ne serait possible.

Sigmund éclata encore une fois de rire. Angèle le regardait d'un air interrogateur.

— *Asylo*, ça te dit quelque chose ? demanda-t-elle.

— Rien.

— Ça veut dire « asile » en grec.

— Formidable.

— Avec Kosmas, nous allons construire une grande maison des déplacés. Entièrement financée par notre fondation... Avec salles de soins, chambres lumineuses, grands espaces communs, salles de bains et baignoires.

Les fenêtres donneront sur un jardin, il y aura des salles de classe pour les enfants, une salle de yoga, une salle de prière. Et nous avons décidé d'appeler « Asylo » ce petit havre de paix.

Beau projet. Faire passer une prise de position sur le marché des déplacés pour un geste désintéressé, était-ce du cynisme ou de l'aveuglement ? D'une façon ou d'une autre, le milliard de la crise des déplacés tombait dans les poches des Narchos, pour qu'ils puissent s'acheter une ou deux toiles en plus.

À une table voisine, le juge reconnut Rank et Sabiani. Comme si de rien n'était, ils sirotaient un verre. Ils parlaient. Ils palabraient. Ils parlementaient. Sigmund les montra à Angèle, qui haussa les épaules.

— Ils sont toujours là. Ne fais pas attention à eux. Ils ne manquent jamais une occasion de se montrer.

« L'odeur du sang attire tous les requins », se dit le juge. À quelques mètres de la piscine, il approcha d'un groupe de politiques. Narchos était en plein milieu de l'assemblée.

— Sait-on au juste pourquoi il y a ce sommet extraordinaire ? dit une voix.

— C'est le *Falkflag*.

— Ah...

— Un cargo battant pavillon de la Sierra Leone, qui a coulé au large de la Crète. (Ne parvenait de Narchos que sa voix, le reste était perdu au milieu du groupe.) Sept ou huit cents morts. On ne sait pas très bien. Le témoignage vient d'un des douze rescapés que l'on a repêchés deux jours plus tard, totalement par hasard. Mais comme avant cela, il y a eu l'*Ezadeen* (trois cents morts pendant la tentative de sauvetage), le *Blue Sky* (quatre-vingts morts), le *Parsifal* (cent cinquante morts), et le *Jaigarh* (plus de deux cents morts)... Le Chancelier germain s'est déclaré « bouleversé ». Le président de la Commission a dit : « Nous ne pouvons pas continuer ainsi, nous ne pouvons plus accepter que des centaines de personnes meurent en essayant de traverser la mer. » Et le Premier ministre de la démocratie française a demandé la tenue exceptionnelle d'un Conseil. « Nous ferons tout pour empêcher que de nouvelles victimes meurent devant notre porte de façon si cruelle », ce sont ses mots. Et voilà... Nous sommes tous réunis pour trouver une solution à cet insupportable problème. Bon courage, mes amis.

Un garçon remplissait les verres.

— C'est vrai que c'est cruel, cette mer. On dirait un cimetière...

— Je ne vous le fais pas dire.

— Si l'on n'agit pas, ça va durer comme ça pendant des années.

— Il faut empêcher ces gens de partir.

Le juge s'était insensiblement rapproché du groupe, au point de se faire absorber. Il y avait le directeur du bureau du HCD à Salonique, le haut-commissaire aux déplacés en titre, quelques autres personnes dont Oropa ne connaissait ni le nom ni la fonction, mais qui pouvaient être des artistes à en juger par leur tenue. La conversation se réorienta sur le destin de l'Union, sur cette aventure qui prenait l'eau, sur ces valeurs qu'il fallait coûte que coûte défendre et protéger. Il y avait des mesures d'urgence à adopter si l'on voulait redresser le cap et ne pas se laisser déborder par la « vague populiste ».

Au bout d'une heure d'errance, de petit groupe en petit groupe, Oropa alla rendre ses hommages à l'impératrice douairière. La vieille Neli qui yoyotait sur sa chaise roulante en mangeant ses feuilles de vigne. Avec ses yeux, elle semblait dire à l'assistance : allez tous vous faire voir et surtout partez le plus vite possible. Le juge n'insista pas.

Il fit le tour de la piscine, mangea un autre canapé sur lequel avait été appliquée une substance sans nom à base de saumon — le plus beau des poissons migrateurs. Puis il approcha d'Angèle, noyée dans un groupe d'artistes. Il l'attira pour lui proposer un bain de mer.

La voiture qu'ils empruntèrent était l'une de celles que l'on trouvait sur les golfs (celle-ci, beaucoup plus puissante). La chaleur retombait à peine. Angèle indiquait la route à suivre du bout du doigt. Sigmund remonta jusqu'à la chapelle en ruine pour redescendre en lacet jusqu'à cette crique où poussaient de gros bosquets de tamaris.

— Kosmas les a fait planter là pour moi, dit-elle. Je les adore.

À peine nus, ils plongèrent dans une eau limpide. Sigmund se retrouvait là, entre les roches, au-dessus de l'eau. Il fallait encore trouver le courage de lui dire. Tout cela n'avait pas de sens. Il ne servait à rien de tenter de revenir dans sa vie d'avant.

Il prit sa main et la porta vers sa bouche. Un petit cabanon se dressait derrière la plage. On s'abrita dessous. Toucha ses bras, caressa sa joue. Il vit la femme, et dans ses yeux, cette petite perle de lumière que lui adressait le soleil. Il l'embrassa à nouveau. — De la bouche d'Angèle, toujours aussi piquante, il tira une saveur suave et verte. Il sentait ses mains qui l'agrippaient. Il sentait son haleine l'envelopper. Ils tombèrent sur l'une des chaises. Il n'avait plus d'âge ; il n'était plus personne. Elle écartait les jambes, elle s'accrochait aux montants, elle creusait ses reins, elle lui présentait ses fesses. Lorsque le juge se mit à terre, Angèle le rattrapa. La machine craquait, il regardait à travers la mer. Sigmund insuffla en elle tout ce qu'il éprouvait comme forme de nostalgie. (Couper les ponts.) Il gonflait son corps d'amertume, il couvrait son visage de regrets. Il voulait encore l'entendre gémir et la faire disparaître. Angèle n'était plus cette femme qui le pétrifiait. Angèle était une femme — une femme qu'il avait peut-être aimée, mais qui ne lui faisait plus mal. Ses muscles se détendirent. Quelque chose avait grandi en lui.

ZAPPÉION

•

Au matin du 4 mai, Sigmund avait toutes les cartes en main. Quatre ou cinq cents personnes étaient réunies dans la grande salle du Zappéion, à Athènes. Oropa avait été invité en qualité d'auditeur libre. Il était là depuis deux bonnes heures. Les débats du douzième sommet de l'Union consacré aux questions migratoires s'éternisaient. Pas une parole forte, pas une idée juste. Il se leva donc. Il traversa la salle, se dirigea vers le micro et se mit à parler.

— Mes chères consœurs, mes chers confrères (le silence se fit presque aussitôt), j'aime l'Union. Plus que tout au monde, dit-il. J'en ai fait le centre de ma vie et le foyer de mes espérances.

Les visages se tournaient vers le juge. Cet homme paraissait habité, presque exalté. Sa prise de parole n'était pas prévue. Seulement en sa qualité d'ancien juge de l'Union, Oropa était à l'abri de toute forme de rappel à l'ordre.

— Ce sentiment, parce que je le considère comme la plus haute forme de distinction, m'enthousiasme autant qu'il m'oblige. Et l'heure est grave, vous le savez, l'heure est très grave.

Le ton du juge, plein d'emphase, grésillait dans le micro.

— Que les choses aient si mal tourné remplit mon cœur de regrets.

Quelques rangées devant, le juge voyait les corps, les costumes. Angèle était peut-être là quelque part. (Ce qu'il ressentit était plus fort que tout.) Il parla longtemps et bien. Mais à la fin (« Millions d'êtres, soyez tous embrassés d'une commune étreinte ! Au monde entier ce baiser ! », ces quelques vers de l'*Hymne à la joie* de Schiller lui servirent d'épilogue), sous des applaudissements clairsemés, malgré la virulence, malgré l'ardeur, on aurait dit que tout s'était laissé absorber, prendre par l'épaisseur des murs, dans la brique, dans le stuc, glacer par la feuille d'or de ce théâtre grandiloquent. L'ordre du jour reprenait ses droits.

À l'extérieur de la grande salle, deux journalistes s'approchèrent de lui.

— Monsieur Oropa, vous avez déclaré : « Les organisations criminelles font aujourd'hui partie de nos centres de décision à part entière. » Parlez-vous à titre personnel ou bien au nom de l'Office ? Pourriez-vous être plus précis lorsque vous dites que « l'Union ne fait rien contre la délinquance organisée parce qu'elle est elle-même rongée par les délinquants », ou que « le commerce des déplacés est plus rentable que tous les autres réunis » ?

— Monsieur, vous dites : « Nous sommes en train de vivre une guerre d'un genre nouveau, mettant en péril l'édifice moral et politique de notre Union. » Faut-il s'attendre à ce qu'un conflit éclate vraiment ?

Le juge se contenta d'exprimer sa satisfaction d'avoir fait son devoir. Et d'avoir parlé à haute et intelligible voix.

Dans le hall, Domenico Sforza l'attendait. Sa voix

résonnait à travers le bâtiment. Le pauvre homme semblait ne pas comprendre que plus rien ni personne n'avait de prise sur le juge. Oropa le dévisagea. Sforza s'agitait comme un condamné au bout de sa ficelle.

Oropa s'éloigna sans même chercher à se défendre. Sans doute avait-il longtemps végété. Sans doute le juge n'avait-il pas toujours été aussi franc qu'il aurait voulu l'être. Mais les circonstances venaient de lui apprendre qu'il était encore capable de grandes choses. Capable de se dissocier des réseaux d'influence, de s'opposer à la corruption et de juger de façon désintéressée les fraudes et l'injustice. Un homme aussi dangereux que n'importe quel loup, aussi impartial que n'importe quel juge, aussi mordant que n'importe quel prophète, voilà ce qu'il était. Et Sforza n'avait plus aucun droit sur lui.

Sigmund resta ainsi plusieurs minutes à déambuler dans les couloirs. Il y avait les moquettes, les tapis, les escaliers, du faux marbre et du carrelage. Il y avait aussi des portes, des murs et des fenêtres, du bois, du lambris, des rideaux. Son honneur était restauré.

Aux alentours de dix-sept heures, il quitta l'enceinte rococo où avait eu lieu le sommet de l'Union. Il marchait d'un pas léger, le long des rues. Il acheta un paquet de pistaches, regarda le ciel. Il se sentait bien. Revoir ces îles où il avait été si heureux durant son enfance l'avait comme remis en ordre avec lui-même. Il n'aurait jamais pu faire ce qu'il avait fait ailleurs que là où il l'avait fait.

— Un plan commande la venue de chaque chose, se disait-il. Il me faudra mourir là. Mourir là où tout a commencé.

Son état était alors plus proche du déni que de la pleine

conscience. Et s'il devint le héros d'un scandale retentissant, tout bien considéré, ce fut comme malgré lui.

Sigmund Oropa longeait la ville haute. Il se perdit dans le bazar, où il acheta un cadeau pour sa femme, et s'installa dans un restaurant. La serveuse était souriante. Il commanda une soupe, des aubergines, quelques olives vertes et puis des pâtisseries au miel et aux noix. Viktoria Olsen dit l'avoir vu attablé un peu plus tard à la terrasse de leur hôtel, en train d'écrire sur les pages de son journal. Ils échangèrent quelques paroles. Madame Olsen l'aurait trouvé calme, presque serein. L'ancien juge commanda une bière, qu'il décapsula avec un couteau. Puis il passa un appel téléphonique.

La conversation dura deux minutes quarante-cinq. Elle présentait tous les signes de la parole creuse. Tandis que Sigmund évoquait sur un ton résigné son vol de retour, prévu le lendemain, madame Oropa exprimait sans affects son envie de retrouver son mari auprès d'elle. Le juge prononça quelques phrases générales sur la beauté de la ville, sur sa fatigue, sur la qualité de son dîner — absolument rien à propos du sommet ni des phrases incendiaires qu'il avait proférées face au public des ministres et des présidents. Il ne dit rien non plus de ses rêveries, de ses désirs, de son envie de s'installer dans l'archipel ou de faire le tour du continent. Il ne lui parla pas d'Angèle — Angèle, cette pierre, cet os dans sa bouche et dans sa vie, cette partie vive de lui-même qui avait refait surface et qu'il avait recrachée.

Après ce coup de téléphone, Sigmund Oropa se leva pour aller chercher une autre bière. Il la décapsula sur un rebord de chaise ; il la but d'une traite et s'effondra sur la banquette. La vue depuis la terrasse était dégagée. On voyait le Parthénon dans la gangue de sa perpétuelle réfection, les immeubles postmodernes dans leur jungle postapocalyptique. Puis l'ancien juge monta deux marches, tourna à droite dans le couloir, ouvrit une porte et se coucha seul dans un grand lit.

Sur l'écran de télévision, les journaux se faisaient l'écho des déclarations fracassantes d'un lanceur d'alerte, ancien juge italien, ancien membre du tribunal de l'Union, en poste à l'Office des fraudes. On passait les images, on les repassait. Personne n'avait jamais entendu parler de lui ; inconnu, quasi anonyme, ce n'était qu'un technocrate, un reliquat, un être sans vie, un homme terne et gris comme l'institution communautaire sait en produire à l'infini et que les consciences engagées se complaisent à fantasmer. En une prise de parole, il s'était transformé en sujet de débats passionnés sur l'écran de sa chambre d'hôtel. L'ancien juge n'était sans doute pas préparé à se retrouver au cœur d'une telle tourmente. Et lui-même ne savait plus très bien ce qu'il était. Il éteignit la télévision et s'endormit.

Le lendemain, vêtu de frais, rasé, il sentait bon, sa chemise paraissait repassée. Il régla sa note, glissa un pourboire au portier et sortit dans la rue. L'air était doux, le soleil tapait sur sa figure. Le trafic matinal emportait ses cheveux en tous sens. La trace de Sigmund Oropa se perdit à cet endroit, quelques mètres devant l'hôtel Phaedra.

3

DANS LE CHŒUR DES ANGES

De l'éclatant miroir de la vérité, la Joie sourit au génie scrutateur.
Elle guide le martyr vers la cime escarpée de la vertu.
Sur le mont radieux de la foi, on voit flotter ses bannières ;
par la fente des cercueils qui éclatent, on la voit debout dans le chœur des anges.
Souffrez avec courage, millions d'êtres ; souffrez pour un monde meilleur !
Là-haut, par-dessus la tente étoilée, un Dieu puissant récompensera.

Friedrich von Schiller, *Hymne à la joie*

ODYSSEUS

•

L'enquête mit en commun les forces de police de l'Union tout entière. Un commissaire, un enquêteur, un juge, une escouade de policiers, on rechercha Oropa méthodiquement. À l'hôtel Phaedra, on constata que la chambre de l'agent communautaire était bien vide. Ceux qui l'avaient vu pour la dernière fois comprenaient la situation, ils la comprenaient parfaitement — mais personne ne pouvait dire où l'ancien juge était passé (s'il avait appelé un taxi, si quelqu'un l'attendait quelque part). On visita les hôpitaux, les camps de déplacés, on alla dans les morgues, dans les dispensaires et les hôtels discrets. Les recherches à l'aéroport, à la gare ferroviaire, ainsi qu'à l'embarcadère maritime n'apportèrent aucun élément significatif. Sigmund Oropa avait longé les murs, il s'était laissé glisser entre les lamelles étroites du monde visible, personne n'avait fixé sur lui la moindre attention.

Madame Oropa arriva sur place deux jours après la disparition. Une femme de petite taille, ronde, nerveuse, à la coiffure irréprochable et à la voix aigre. Face au juge, elle dit ce qu'elle savait. Elle avait parlé à son époux au téléphone la veille de sa disparition. Ils avaient prévu de s'envoler tous les deux à Constance pour leur retraite thérapeutique. Partie à l'heure pour l'accueillir à l'aéroport, elle avait vu les couples enlacés revenir sur terre, elle avait vu les peaux brûlées, les sourires et les familles, elle avait vu les embrassades et les pancartes des chauffeurs — mais pas Sigmund.

Madame Oropa s'agita dans toute la ville, elle rencontra la presse et le personnel communautaire encore sur place. Au bout de trente-six heures, elle repartit, en passant par la péninsule transalpine et la Germanie, où elle fit des déclarations à la presse et donna des interviews sur les différentes chaînes de télévision. Ruth Oropa fit preuve d'un mélange de calme et de désespoir, d'agressivité volontariste (« aidez-moi à le récupérer ») et de résignation larmoyante (« ma vie est un calvaire »). En trois langues, elle déclara qu'il ne fallait pas s'inquiéter, que son mari allait refaire surface, « comme un chien retrouve la trace de son maître ». Il était coutumier du fait. Après une réunion au Portugal consacrée à l'espace communautaire et son élargissement, devait-on lire dans les colonnes du *Frankfurter Allgemeine Zeitung*, Oropa avait erré pendant trois jours entre Porto et Coimbra ; il était revenu blessé au visage, amaigri, hébété, mais bien vivant. Même chose à Londres, où, après un symposium sur l'harmonisation juridique des questions commerciales, on avait perdu sa trace ; et au Danemark, où il s'était enivré pendant deux jours avant de rentrer chez lui comme si de rien n'était. Que ce soit feint ou non, cette petite femme semblait être la seule personne au monde à garder encore quelque espoir de retrouver son mari.

Mais le matin du 13 mai, au large de l'île de Crète, les services de la police maritime renflouèrent l'épave de l'*Odysseus* — somptueux voilier dont l'armateur Kosmas Narchos était le propriétaire. Deux jours plus tôt, le bateau s'était abîmé sur un écueil ; il avait sombré comme une balle de plomb dans les eaux noires de la mer Égée. On découvrit les corps sans vie des membres de l'équipage — un skipper, deux matelots, un cuisinier — et une femme, en costume de nuit, surprise par la montée des eaux en plein rêve. Angèle Brandt (née de Grossoult) fut identifiée trois jours plus tard par son mari.

Il fallut une petite semaine avant qu'une poignée de journalistes ne s'avisent de ce que le juge Oropa et madame de Grossoult avaient entretenu une liaison au sortir de l'adolescence. L'information fit le tour des rédactions. On étala les vieilles images, les clichés pris en Sicile, sur la Côte d'Azur ou à Madrid, de ces deux amoureux, au bord de la mer, sur des terrasses ensoleillées, jeunes et séduisants.

L'apparition de ces photographies, en soi, constituait un mystère. Elles avaient fleuri comme un accès de démence, sans que personne ne puisse dire d'où elles étaient sorties. On s'y complut, on s'en gargarisa. Madame de Grossoult était magnifique, le couple avait des airs d'amants diaboliques, et tout cela masquait quelque chose.

C'est au milieu de ce déballage que l'on identifia la première trace de vie de Sigmund Oropa, dans le port d'Héraklion — on l'avait aussi vu à La Canée et à Matala. (C'était le premier indice fiable.) De proche en proche, on réussit à établir l'itinéraire du juge, des ruines du palais de Cnossos à Phaistos, de la grotte sacrée de Psychro aux ruines du prétoire et au mur du code de Gortyne. Il s'était baigné à Falasarna, face au fort de Frangokastello et à Souda, au soleil couchant. Le portier du musée archéologique d'Agios Nikolaos certifiait que l'homme recherché s'était recueilli devant le crâne couronné de feuilles d'or de la quatrième salle. Un garçon de café à Réthymnon l'avait vu parler à la terrasse de son restaurant ; il s'était énervé, il avait crié, il avait tapé sur la table.

Il n'en fallut pas plus pour faire dire à certains que le juge était mort lui aussi — sauf qu'on ne retrouvait pas son corps. Seule sa valise put être tirée d'une consigne. On y découvrit la moitié grecque de son journal de bord. L'état de confusion mentale dans lequel le juge se trouvait apparut clairement aux enquêteurs.

Cette chasse à l'homme, cette succession de mystères n'en finissait plus d'électriser les esprits. En dix jours, l'affaire prit des proportions spectaculaires. Le visage du juge couvrait les écrans et les titres de presse. Ceux-là mêmes qui méprisaient ce qui de près ou de loin pouvait s'apparenter à de la bureaucratie mettaient un point d'honneur à pénétrer le destin du lanceur d'alerte. Quelques phrases extraites de son discours prononcé à Athènes tournaient en boucle sur les chaînes d'information — comme une preuve de ce qu'il avait dépassé la ligne rouge et qu'on ne le verrait plus.

— Les grandes familles sont au courant (bien avant tout le monde) de ce qui se passe. Qui décide. D'où vient l'argent, où il va et ce qu'il faut faire pour en profiter. Mais soyons clairs, lorsque je dis organisation criminelle, je ne parle pas de la branche militaire. Je fais allusion à ces bandits en col blanc, à ceux qui sont intégrés dans l'administration publique, qui ont des échanges continus avec les institutions et qui savent quels leviers actionner pour détourner des fonds. Ils ont leurs contacts au sein de la Commission, du Parlement, du Conseil et même de l'Office des fraudes. Ce sont eux qui tirent les ficelles de la vague de migration qui s'abat sur l'Union.

La période de doute ouverte par la prise de parole de Sigmund Oropa au sommet d'Athènes et sa disparition soudaine creusa un peu plus encore cette plaie purulente qu'on appelait « crise de confiance » au sein de l'Union. Le caractère outrancier de son allocution n'était, il est vrai, pas de nature à apaiser la société civile, déjà clivée sur les questions migratoires. En bien ou en mal, de part et d'autre, Oropa était érigé en totem ambigu des institutions communautaires. À droite, il y avait ceux qui le présentaient comme le martyr de la vérité, abattu par la mafia qu'il avait eu le courage d'affronter. À gauche, il apparaissait comme le signe tangible d'une décadence des institutions. Oropa exprimait les pires penchants à l'œuvre dans l'Union : la peur et le repli sur soi.

Très vite, la presse se fit l'écho de rumeurs, d'histoires et de propos malveillants, qui s'apparentaient bien plus à du lynchage qu'à de l'information. Certains dirent que la carrière d'Oropa s'était entièrement construite sous la coupelle des réseaux d'influence néofascistes de son père, Salvatore Oropa, avec lesquels le fils n'avait jamais rompu. C'était un enfant de l'État profond, en lien avec la finance occulte et l'organisation criminelle. Oropa avait été placé au tribunal de Milan, le juge n'avait jamais eu les compétences requises pour occuper ce poste. Sa présence n'avait donc eu d'autre finalité que d'assurer la protection de certains politiques et de classer des dossiers. En d'autres termes, il apparaissait comme l'un des maillons de la

« coupole » mafieuse mise en place en Italie. Un journaliste exhuma aussi des cas litigieux et compromettants du temps où Oropa était au tribunal de l'Union et qui semblaient prouver que le juge avait favorisé des partis peu recommandables dans certaines affaires — et l'on s'interrogea : comment un homme qui paraissait aussi compromis, à la personnalité aussi complexe, à l'histoire aussi trouble, avait-il pu devenir juge de l'Union, chef du service juridique de la Commission, puis vice-directeur de l'Office des fraudes ? Ces interrogations, bien qu'infondées, ciblaient désormais le cœur des institutions. Ministres, commissaires, parlementaires, il devenait urgent de se mettre à l'abri. Les déflagrations occasionnées par les révélations sur la carrière et la famille de Sigmund Oropa alimentaient une sorte de discrédit généralisé.

Deux semaines après la disparition, Domenico Sforza, pour défendre son service dont l'impartialité était mise en cause de toutes parts depuis le sommet d'Athènes, déclara à la RTBF : « Il n'est pas légitime de faire des errements individuels d'un pauvre homme un moyen de frapper nos institutions. Nous avons besoin de beaucoup de choses, sinon de servir de bouc émissaire. Le juge Oropa était fragile, il venait d'intégrer l'Office des fraudes, sous de très hautes recommandations. Il n'y aurait que lui pour nous dire ce qui lui a fait perdre la mesure. »

La stupéfaction fut grande lorsque la police locale, pour expliquer le naufrage de l'*Odysseus*, conclut à un accident — un terrible accident —, par une nuit claire, avec un équipage chevronné, dans une mer bien connue des pilotes. Mais Kosmas Narchos, pour ne pas être mêlé à cette affaire, avait tout fait pour que l'enquête soit expédiée.

Le 21 mai, à onze heures vingt (soit quinze jours après la disparition du juge à Athènes), le général Robert Rank, directeur général de l'Arcadia, organisa lui aussi une conférence de presse au siège international de la holding de sécurité et d'assistance. Dans un premier temps, le général se montra calme et mesuré. Il n'avait pas l'air de s'être formalisé ni de considérer « que le débat fût une mauvaise chose au sein de l'Union ». Rank semblait même sincèrement regretter la disparition du juge et la mort de la General Counsel de son organisation.

Mais Rank était surtout là pour annoncer une bonne nouvelle : l'Arcadia était en négociation exclusive avec l'État ottoman pour la construction d'un *hotspot* sur la côte égéenne ; un rapprochement dont il se félicitait, puisqu'il laissait présager de plus grandes réalisations à venir.

Lorsqu'un journaliste interrogea le général à propos d'un casse commis la veille dans l'Europabank de la chaussée de Waterloo, où la famille avait ses comptes et où le juge, d'après les dires de son épouse, avait mis à l'abri ses dossiers ainsi qu'une série d'enregistrements « compromettants » (le journaliste évoquait aussi « des notes et des carnets » collectés dans le cadre de ses recherches sur de supposés détournements de fonds et trafics d'influence liés à l'Arcadia), monsieur Rank perdit pourtant patience :

— Qu'un ancien juge en fin de carrière ait ressenti le besoin de céder au goût du jour en se présentant sous le costume si flatteur du *lanceur d'alerte*, à propos d'une question aussi épineuse que celle des camps, est pour moi un sujet d'agacement. Je vous le concède. Qu'a-t-il bien pu se passer dans la tête de cet homme, qui tout au long de sa carrière aura témoigné d'un indéfectible intérêt à l'endroit de son propre bien-être, pour qu'il s'en prenne, de façon aussi soudaine, en dépit de toutes les règles de prudence et sans preuves apparentes ni motifs réels, à une supposée entente avec le « milieu », alors qu'il n'a ni l'étoffe ni l'assurance pour entreprendre une telle croisade ? On imagine bien qu'il ait voulu se laver de quelque chose. Se racheter à ses propres yeux. Or les gens qui ont véritablement un affront à laver, les gens qui entendent sincèrement blanchir leur honneur, ne parlent pas à tort et à travers. Ils ne se donnent pas en spectacle. *Ils se tirent une balle dans la bouche.*

Cette dernière phrase, Rank tenta aussitôt d'en diminuer l'importance. Un lapsus, une plaisanterie. Le général avait voulu dire : « Ils feraient mieux de tourner leur langue dans leur bouche. » Mais le mal était fait.

Le soir même, on parlait de complot. La nuit, devant les grilles de la Commission, les gens se réunirent pour réclamer justice. On tendit des portraits d'Oropa, on alluma des feux, on chanta des airs patriotiques. Les locaux de l'Arcadia furent saccagés, certains des employés violentés. À Salonique, comme dans le reste de l'Union, des déplacés furent pris pour cible par d'ardents patriotes. Coupables. Les déplacés étaient coupables de la chute du juge. Et la police ferma les yeux.

SAN LAZZARO

•

La piste du juge Sigmund Oropa fut remontée de façon fortuite. Un citoyen slovène, en regardant le journal télévisé, reconnut le visage de cet homme qu'il avait vu faire les cent pas sur le pont d'un ferry-boat en partance pour Santorin.

L'information permit aux enquêteurs de découvrir que le juge se serait arrêté à Ios, d'où il aurait filé à Milos et se serait laissé glisser d'île en île. Le 16 mai, on découvrit avec certitude qu'il avait embarqué, depuis Sérifos, sur l'*Adamantios Koraïs*, en direction du Pirée, où sa trace se perdait à nouveau. Aucun hôtel ne portait mention de son passage. Les restaurateurs ne reconnaissaient pas son visage.

Lorsque la police transalpine révéla que le juge avait été aperçu dans le port d'Ancône, les enquêteurs supposèrent avec raison qu'il avait sans doute rejoint Patras par train, d'où il avait pu traverser la mer Adriatique. On sait aujourd'hui que Sigmund Oropa séjourna à l'hôtel Astir, un immense établissement suranné, qui fait face à la mer et aux transbordeurs. Le juge aurait passé là deux nuits, lisant et écrivant, sans sortir de sa chambre.

Le barman du ferry dans lequel le juge avait fait sa traversée, le *Blue Horizon*, avant de rejoindre Ancône, assure avoir bu et parlé avec cet homme, jusqu'à l'arrivée au port — des femmes, de la vie et du destin de l'Union. Le juge portait des vêtements de couleurs vives, dit le barman. Pas forcément en bon état ni de très bonne qualité.

— Mais il m'a paru normal, ajouta-t-il. Il parlait de livres et de tableaux. Sans doute était-il fatigué. Alors nous avons continué à parler. À vrai dire, c'est lui qui parlait surtout. Du rire aux larmes. Et qui buvait.

— Je m'appelle Sigmund Oropa, lui avait dit le juge juste avant d'accoster au port, et personne ne peut me dire ce que cela signifie. Un ancêtre, un aïeul, un fuyard, un renégat ou un mécréant aurait décidé de changer de nom en visitant le sanctuaire de la vierge noire d'Oropa, situé sur les hauteurs de Biella, à mi-chemin entre le territoire suisse et la région piémontaise. Révélation, pâmoison, genoux à terre, chacun y est allé de son image. Certains pensent même pouvoir faire remonter les origines de ma famille au ghetto de Saragosse, à ses petites ruelles, à ses petits métiers, quitté entre le XVe et le XVIe siècle. Ces histoires ne sont pas plus vérifiables les unes que les autres. Mais elles ont suffi à marquer le destin de notre famille.

Le juge aurait ensuite pris le train d'Ancône à Milan, où l'on ignorait ce qu'il avait pu faire, jusqu'à ce qu'un docteur appelle sa femme et lui dise de venir au service de soins intensifs de l'hôpital Molinette – San Lazzaro de Turin, le 18 mai.

Les yeux mi-clos, le visage tuméfié, l'air épuisé, il était à peine conscient. Sa bouche était pâteuse, son esprit confus. Il paraissait surpris, presque effrayé. Il parlait avec difficulté ; ses propos étaient incohérents. Il prétendait avoir rencontré des amis et être tombé dans la montagne. Son bras droit était fracturé, trois côtes fêlées. Il avait des traces de brûlures, un traumatisme à la tête, une vertèbre déplacée, la mâchoire déboîtée.

Le lendemain, dans une chambre calme et lumineuse, Oropa semblait avoir repris ses esprits. Ruth était installée sur une chaise, à droite du lit. Elle portait un tailleur clair et un chignon. On entendait le remous des sucreries contre ses dents. Disposés tout autour de la pièce, des bouquets de fleurs. Ruth avait entassé aussi des fruits dans une corbeille. Elle avait la main posée sur la poitrine de son mari et souriait.

— Et qu'as-tu fait en apprenant sa mort ? lui demanda-t-elle au bout de quelques minutes.

Le juge ne releva pas la tête, il ne pouvait pas même la regarder. Elle caressait son visage balafré, elle lui remit la couverture sur les jambes. Oropa voulait manger, Ruth lui tendit un fruit mûr. Il le mâcha et avala lentement. Le jus dégouttait sur ses draps.

Entre deux bouchées, il se redressa en regardant des images de lui à la télévision annonçant sa réapparition :

— Pourquoi se soucie-t-on encore de moi ?

Au fil de sa cavale, le juge avait vu sa tête dans les journaux, il avait lu les articles, il avait entendu ses collègues et les interviews de sa femme, du président de la Commission et du président du Conseil transalpin. Moyennant quelques milliards, le régime ottoman s'était engagé à reprendre les déplacés qui sortaient illégalement de son territoire. Ce qui n'était pas une mince victoire, puisque l'Union réussissait pour la première fois à externaliser ses frontières. Mais c'est aussi ce contre quoi le juge avait tenté de s'insurger, et sa parole avait perdu tout crédit.

Oropa tourna la tête. Ses yeux étaient enflés, il paraissait ému ou fatigué. Son visage (et tout le reste de son corps avec) était traversé par de grandes secousses. Il demanda à sa femme d'aller lui chercher de l'eau. Et lorsqu'elle revint, il se mit à lui parler :

— Angèle a voulu m'emmener visiter le palais... ses milliers de pièces, le dédale, le labyrinthe, les salles du roi Minos. Moi je voulais retrouver la plage. Là où j'avais plongé, là où je nageais. La maison qui avait été la nôtre. Ce n'était presque rien. J'avais dix ans...

Et il déposa le noyau de sa pêche sur un rebord de table.

— ... Lorsqu'il est mort... lorsque mon frère est mort... son corps flottait dans l'eau, le visage violet. Des vagues le ballottaient. Un homme est venu, qui l'a sorti, qui a pressé sur sa poitrine et mon père m'a mis la main devant les yeux.

Dans la chambre du juge, la fenêtre ouvrait sur la cour centrale de l'hôpital. Un va-et-vient d'ambulances faisait un bruit lointain. Les malades tournaient dans ce qui tenait lieu de parc, entre les arbres secs et les fleurs fanées.

— Je n'ai retrouvé ni la maison ni la plage.

Une infirmière entra et sortit. Le téléphone sonna, mais personne ne décrocha.

— Angèle n'était pas sincère avec moi. Elle ne l'a jamais été. Elle a cherché à obtenir des choses que je ne voulais ni ne pouvais lui accorder.

Ruth avait une carafe entre les mains, des verres et des biscuits. Ses ongles étaient vernis, elle semblait porter un regard confiant sur chaque chose. Oropa ferma les yeux. Il paraissait terriblement vieilli.

— C'est en arrivant sur le continent que j'ai appris la nouvelle. Angèle était morte... échouée... supprimée... Elle était morte... Je l'avais abandonnée à son sort et elle était morte...

Ruth ne prononça pas un mot.

— J'ai marché sur le port. Il y avait des pigeons. Une multitude de pigeons qui volaient... qui se posaient, qui tournoyaient. Au milieu de la route, j'en vis un... la tête écrasée contre l'asphalte. L'intérieur mêlé à l'extérieur, les griffes dans les intestins, l'œil injecté de plumes. Apprendre que quelqu'un que vous avez aimé est mort... je vivais cela seul, dans ce port... Les déplacés autour de moi... Angèle morte... morte pour tout un tas de gens. Morte dans ce monde-ci. Mais pour moi, était-ce véritable ? Ne pouvait-on pas faire appel, casser le jugement ou refaire le procès ? Ne m'avait-elle pas aimé malgré tout ?

Ruth regardait Sigmund, comme si elle cherchait à l'excuser.

— Arrivé à Milan, je suis monté dans un train en direction de Lecco, pour m'arrêter à Monza. Je n'avais pas revu la maison de mes grands-parents depuis des années. C'est à peine si je l'ai reconnue. Les roses du jardin ont été coupées, la façade repeinte. Je suis remonté dans le train pour descendre à la station suivante. Pour revoir Licio, le vénérable maître de l'officine mafieuse dans laquelle avait travaillé mon père. Depuis ses déboires judiciaires, il vit en résidence surveillée dans ce petit paradis qu'il a nommé Villa Wanda, en hommage à son épouse.

De l'autre côté de la porte, je découvris un petit vieux assoupi. Depuis notre dernière rencontre, il avait dû vouloir adoucir les traits de son visage en se laissant pousser un abondant bouc de poils blancs autour de la bouche. Son visage s'illumina lorsqu'il me reconnut. Il ne restait rien de l'ancien chef de file de la faction fasciste qui avait régné d'une main de fer sur l'Italie des années de plomb. Licio taillait les fleurs de son jardin, écrivait des poèmes en vieux toscan et regardait les oiseaux picorer le pain qu'il leur lançait.

Je suis resté deux heures dans son salon. La décoration était on ne peut plus déconcertante. Il y avait à la fois des peintures achetées au coin d'une rue et sans doute peintes par des mains chinoises, des bouddhas dorés de bazar, un canapé en cuir et une paire de fauteuils qui venaient d'une grande surface de décoration, des insignes fascistes et maçonniques posés sur tous les guéridons, mais aussi de belles vierges anciennes, des tableaux de maître et une vue somptueuse sur toute la ville. Licio me servit le thé, il parlait posément, répondait avec simplicité à mes questions. Presque bienveillance. Mais ses propos me glacèrent.

Quel était son point de vue sur la mort de mon père ? « Un regrettable événement. » Mon père avait-il commandité des attentats ? « Qui ? Ton père ? Mais quelle idée ?! » Puis il sourit. « Pourquoi aurait-il fait cela ? C'est vrai qu'il s'y connaissait en extorsion de fonds comme personne, c'était le meilleur des blanchisseurs, il était furieusement partisan, mais nous n'avions aucune raison de faire de lui un terroriste. » Et que pensait-il du fait que moi, Sigmund, avais été nommé au tribunal de Milan et au tribunal de l'Union ? « Mais tu es un brave type, Sigmund. Et tu l'as toujours été. » Que voulait-il dire ? « Les dossiers ont été bien instruits, tu as démêlé le vrai du faux. Et l'essentiel a été préservé. Ce qui t'a été bien utile, je suppose. » N'avait-il pas cherché à m'utiliser en me plaçant au tribunal de Milan ? « Mais pour quoi faire ? La justice a beau répondre à des mobiles privés, Sigmund, cela ne veut pas pour autant dire que tu fasses partie du jeu. » Et il ne put refréner un sourire. Tout son cynisme était contenu dans cette phrase.

Puis le vénérable maître me fixa droit dans les yeux, avant de déclarer, avec le plus grand sérieux : « Qui sait ce qui nous oriente ? Aurais-tu eu une révélation peut-être ? Fais attention à toi. Fais attention. » Et cette fois-ci il éclata de rire pour de bon.

Ruth avait les mains tremblantes.

— Je crois que c'est en redescendant que je me suis fait percuter. Sans doute un car de religieuses... Je dis cela parce qu'il y en avait beaucoup. Des religieuses. Mais je ne sais pas, je ne l'ai pas vu. On pourrait tout aussi bien s'imaginer que ce sont les mêmes qui ont eu la peau d'Angèle qui m'ont raté une seconde fois.

Oropa ferma les yeux, il remuait ses deux jambes sous le drap. L'infirmière apporta un plateau. Il y avait une escalope de veau qui bavait. Peut-être une tarte aux fruits, et quelque chose comme des pâtes teintées de sang. Sigmund n'avait rien fait de mal. Pourquoi s'en était-on pris à lui ?

— Je crois... (Oropa regardait alternativement son plateau et sa femme.) Peut-être... parce que pour la première fois, j'ai fait un geste libre...

Il se redressa sur son lit avec beaucoup d'efforts et se débarrassa du plateau.

— Et maintenant... je vais continuer le travail. Assainir et purifier. Défendre les institutions. Je crois que je suis encore capable de faire de grandes choses.

Dehors, les journalistes étaient tenus à distance par un cordon sanitaire. On devinait leur présence à travers les rideaux.

— Mais je n'arrête pas de me demander ce qu'il se serait passé si je n'étais pas allé chercher ces enregistrements... si je ne les avais pas écoutés... si je les avais détruits comme on m'avait demandé de le faire, plutôt que d'en parler ouvertement.

Quelques mois plus tard, Oropa réintégra son équipe, usé de l'intérieur. Personne à l'Office n'eut à se plaindre de son comportement. Il prit en charge quelques affaires sans importance, fêta ses noces d'argent sur la banquise et rêva à d'autres succès. Seulement, il fut dessaisi de ses dossiers, les uns après les autres — et dut partir en retraite anticipée un an plus tard. Ruth, toujours aussi aimante, put alors pleinement s'occuper de lui.

À la mémoire
de Max Schulze-Vorberg, mon grand-père,
européen, envers et contre tout

TABLE DES MATIÈRES

•

•

DÉJÀ PARUS DANS LA COLLECTION LITTÉRATURE DES ÉDITIONS DU FAUBOURG :

Trop beau, Emmanuelle Heidsieck, 2020
À l'aide ou le rapport W, Emmanuelle Heidsieck, 2020
La Déconnexion, Éric L'Helgoualc'h, 2020
Une loge en mer, Magali Desclozeaux, 2021

•

Tous nos livres sont disponibles
en version numérique sur notre site
www.editionsdufaubourg.fr

Correction : Augustin Langlade et Victoire Neyraud
Maquette : Marie Balsan

Achevé d'imprimer en mai 2021
sur les presses de la Nouvelle Imprimerie Laballery – 58500 Clamecy
Dépôt légal : mai 2021 N° d'impression : 105082
Imprimé en France

La Nouvelle Imprimerie Laballery est titulaire de la marque Imprim'Vert®